# 타이터스 앤드러니커스

한국셰익스피어학회 작품총서 006

# 타이터스
# 앤드러니커스
## Titus Andronicus

**윌리엄 셰익스피어** 지음
**이용은** 옮김

도서출판 동인

# 발간사

　지금까지 셰익스피어 작품에 대한 번역은 끊임없이 다양한 동기에 의해 진행되어 왔다. 초창기 셰익스피어 작품 번역은 일본어 번역을 우리말로 옮기는 작업이었다. 일본이 서구에 대한 수용을 활발한 번역을 통해서 시도하였기 때문에 일본어를 공부한 한국 학자들이 번역을 하는데 용이했던 까닭이었다. 하지만 이 경우는 문학적인 차원에서 서구 문학의 상징적 존재인 셰익스피어를 문학적으로 소개하는 것이 목적이어서 문어체를 바탕으로 문장의 내포된 의미를 부연하게 되어 매우 복잡하고 부자연스러운 번역이 주조를 이루었던 것이 문제가 되었다.

　그 다음 세대로서 영어에 능숙한 학자들이나 번역가들이 셰익스피어 번역에 참여하게 되었다. 셰익스피어 작품에 대한 수많은 주(note)를 참조하여 문학적 이해와 해석을 곁들인 번역은 작품의 깊이를 파악하는데 많은 도움이 되었다고 볼 수 있다. 하지만 셰익스피어 작품을 무대에 올리는 배우들에게는 또 다른 문제가 생길 수밖에 없었다. 문학적 해석을 번역에 수용하는 문장은 구어체적인 생동감을 느낄 수 없었고, 호흡이 너무 길어 배우가 대사로 처리하기에 부적합하였다.

이런 문제점을 해결하기 위해서 번역가마다 각자 특별한 효과를 내도록 원서에서 느낄 수 있는 운율적 실험을 실시하기도 하였다. 그런 시도는 셰익스피어 번역에 새로운 분위기를 자아내었을 뿐 아니라 다양한 번역이 이루어져 나름의 의미가 있었다고 본다. 반면에 우리말을 영어식의 운율에 맞추는 식의 인위적 효과를 위해서 실험하는 것은 배우들이 대사 처리하기에 또 다른 부자연성을 느끼게 하였다.

　　한국에서 셰익스피어를 연구하는 학자들이 모이는 한국셰익스피어학회에서 셰익스피어 탄생 450주년을 기념하여 셰익스피어 전작에 대한 새로운 번역을 시도하기로 하였다. 우선 이번 번역은 셰익스피어 원서를 수준 높게 이해하는 학자들이 배우들의 무대 언어에 알맞은 번역을 한다는 점에서 차별성을 두고자 한다. 또한 신세대 학자들이 대거 참여하여 우리말을 현대적 감각에 맞게 구사하여 번역을 하자는 원칙을 정하였다.

　　시대가 바뀔 때마다 독자들의 언어가 달라지고 이에 부응하는 번역이 나와야 한다고 본다. 무대 위의 배우들과 현대 독자들의 언어감각에 맞는 번역이란 두 마리 토끼를 잡는 것은 그리 쉬운 일은 아니지만 매우 의미 있는 일일 것이다. 이번 한국 셰익스피어 학회가 공인하는 셰익스피어 전작 번역이 성공적으로 이루어지도록 뒷받침하는 도서출판 동인의 이성모 사장에게 심심한 감사의 뜻을 전하며 인문학의 부재의 시대에 새로운 인문학의 부활을 이루어내는 계기가 되리라 믿는다.

2014년 3월
한국셰익스피어학회 17대 회장 박정근

역자가 『타이터스 앤드러니커스』(*Titus Andronicus*)에 관심을 갖게 된 것은 필자가 학위논문을 쓰려고 준비하던 시기인 17, 8년 전부터이다. 학위논문의 첫 챕터가 이 작품에 관한 것이었고, 그 후에 이 작품을 가지고 소논문을 쓴 적이 있으며, 그 논문들이 이 작품을 번역하는 데 도움이 되었다. 처음에는 이 작품에 등장하는 서로 판이하게 다른 여성인물들에 흥미가 모아졌으며, 특히 타모라라는 여성인물이 그 당시에 실제로 있을 수 있을까 하는 의문에서 학위논문 쓰기가 처음 시작되었었다. 또 이 작품을 번역하게 된 것은 비평적으로나 번역에서나 이 작품이 다소 소외된 작품이어서 많이 번역되지 않은 작품이라는 점에 착안했던 탓도 있었다. 많이 번역되지 않았으니, 내가 번역에 힘을 쏟는 것이 어느 정도 의미가 있을 것이라고 보았던 것이다. 이에 대해서는 번역을 마친 지금도 같은 생각을 하고 있다.

타모라라는 인물은 로마의 적인 고스족의 여왕이면서 로마에 포로로 잡혀 오지만 황제와 결혼하게 되어 다시 성공가도를 달리는 인물이다. 그런데 흥미로운 점은 그녀가 황후가 되었음에도 남편인 황제를 오쟁이 지게 하는 여성이라는 점이었다. 그녀는 자신의 무어인 정부, 아론과 정사를 벌이고 그의 아이를 낳는다. 그리고 그 사실을 황제는 전혀 모르고 있다. 로마의 수장인 황제를 철저히 기만하면서, 또 황후라는 자리를 유지하면서, 자신의 성적 욕망도 채우는 이 여성, 게다가 로마의 제 1가문이라고 할 수 있는 앤드러니커스 가문에 복수를 가해 그 가문을 와해시키려고 하는 인물인 타모라. 이런 여성인물이 르네상스 시대에 가능했을까? 셰익스피어의 다른 비극들의 여성과는, 예를 들어 오필리어나 데스데모나와는 판이하게 다른 이 여성인물을 창안한 셰익스피어의 이유는 무엇이었을까? 그것이 필자의 관심을 끌게 하는 점이었다. 지금 생각해 보니, 정숙의 이름으로 여성에게 강요되던 지배 이데올로기에 균열을 내는 여성인물의 존재에 흥미를 느꼈던 것이었다. 그런데 이 작품을 더 연구할수록 알게 된 것은 주인공, 타이터스도, 그리고 라비니어도 어느 정도 지배 이데올로기에 저항하는 측면을 가지고 있었다는 것이었고, 그러다보니 이 작품에 대해 전면적으로 새롭게 이해하게 되었다. 셰익스피어는 르네상스 시대를 재현해내는 데만 주력한 것이 아니라 있을 수 있는 다양한 인간 군상에 천착했던 작가였던 것이다. 그러다보니 셰익스피어의 작품 중 가장 덜 존중되는 작품이라는 일반적 이해와는 달리, 이 작품은 다시 건드리고, 새롭게 이해하고, 독특한 관점을 부여하는 것이 가능한 작품이라는 것을 알게 되었다. 그것이 이 작품을 번역하기로 한 주요 이유였다.

번역하는 과정에서 놓치기 쉬웠던 세목들을 다시 보게 되었으며, 작품의 의미를 다시 생각하게 되었고, 여러 인물들에 대해 숙고하게 되었다. 또한 이 작품이 로마 지도층 내부의 문제점을 보여주고 있는 작품임도 알게 되었다. 로마극이지만 우중으로서의 평민의 역할은 전혀 언급되지 않은 작품임도 새로웠다. 주는 최소화하였으며, 일단 직역 위주로 번역했지만 한 줄 한 줄의 자구적 번역에 주력하기보다는 맥락의 의미를 포착하려고 애썼다. 번역이란 것이 참으로 많은 공을 요구하는, 섬세하고도 시간이 오래 걸리는 과정임도 알게 해주어 새롭게 배우는 것이 있었던 작업이었다. 번역의 과정을 뜻있는 시간으로 기억하고 싶다.

2014년 9월
이용은

# | 차례 |

# 등장인물

**새터나이너스** 로마의 황제
**배시에이너스** 황제의 동생
**타이터스** 로마의 장군
**마커스** 타이터스의 동생
**루시어스** ┐
**퀸터스** │ 타이터스의 아들들
**마티어스** │
**뮤티어스** ┘
**어린 루시어스** 루시어스의 아들
**퍼블리어스** 마커스의 아들
**셈프로니어스** ┐
**카이어스** │ 타이터스의 친척
**발렌타인** ┘
**이밀리어스** 로마의 귀족
**알라버스** ┐
**드미트리어스** │ 타모라의 아들들
**카이론** ┘
**아론** 무어인, 타모라의 정부
**타모라** 고스족의 여왕
**라비니어** 타이터스의 딸
**유모** 타모라의 시녀
**어린 아이** 아론의 자식
**광대**
**호민관**

1막

# 1장

무대 위쪽에서 호민관과 상원의원들이 들어온다.
그 뒤로 새터나이너스와 추종자들이 한 쪽 문으로,
배시에니너스와 추종자들이 다른 쪽 문으로 들어오고
북소리와 트렘펫 소리가 울린다.

**새터나이너스**  내 권리의 후원자인 고귀한 원로원 여러분, 무기로 내 대
의명분의 정당함을 수호해주시오. 그리고 내 사랑하는 추종자인
시민 여러분, 칼로 내가 왕위를 승계할 수 있도록 탄원해 주시오.
나는 로마의 왕관을 마지막으로 썼던 분의 장자입니다. 내 아버
⁵     지의 명예가 내안에 살아 있게 하시고, 이런 무례함으로 내 나이
를 더럽히지 말아주시오.

**배시에이너스**  로마인이여, 친구여, 추종자여, 내 권리의 옹호자여. 시저
의 아들인 배시에이너스가 고귀한 로마의 눈에 미덕을 갖춘 사람
으로 보인다면, 내가 의사당으로 가는 길을 열어주시고, 제왕의
¹⁰     자리와 정의, 절제, 그리고 고귀함이 불명예를 겪지 않게 해주십
시오. 단지 응당 황제의 자리에 적합한 사람이 온전히 선거에 의
해 빛나게 해주시고, 로마인이여, 당신의 자유로운 선택을 위해
싸워 주십시오.

**마커스**  (왕관을 잡고) 통치를 하고 황제의 권리를 갖겠다는 야망으로 도당
¹⁵     과 친구를 모으는 왕자님들, 우리가 특별한 모임을 결성하고 있
는 로마인들은 한 목소리로 로마에 대한 훌륭한 공적을 기려 타

이터스 앤드러니커스를 로마의 황제로 선출했습니다. 이 도시의 성벽 안에는 그보다 고귀하고 용감한 전사는 없습니다. 상원의원들이 야만적인 고스족과의 지루한 전쟁에서 그를 소환해 고국으로 불렀으며, 그는 우리의 적들에게는 공포스런 존재인 아들들과 20 함께 로마를 무장시켜 더 강하게 만들었습니다. 그가 처음 로마의 이 대의명분을 위해 일에 착수한 이래 10년이 흘렀으며, 우리 적들의 자만심을 무기로 제압했습니다. 5번이나 그는 피를 흘리며, 용감한 아들들을 관에 실은 채 돌아오곤 했습니다. 그리고 오늘에 이르러 앤드러니커스 가묘에 대한 희생물로서 고스족 중의 25 가장 고귀한 포로를 죽이고, 이제 마침내 명예를 드높이며 훌륭한 앤드러니커스 가문이 로마로 돌아왔습니다. 정당하게 두 왕자님이 따르고자 하는 앤드러니커스의 이름에 걸고, 또 두 분이 명예롭게 여기고 찬탄하는 것으로 보이는 의사당과 상원의 권리를 두고 간청하건대, 두 분은 물러서 기운을 누그러뜨리고 추종자들 30 을 해산시키고, 당연히 그래야 하듯이, 평화롭고 겸손하게 두 분의 자격을 위해 탄원하십시오.

**새터나이너스** 호민관의 정당함이 나를 고요하게 만드는군!

**배시에이너스** 마커스 앤드러니커스, 그대의 고결함을 신뢰하며 그대와 그대의 고귀한 형제와 그의 아들들, 그리고 나를 겸손하게 만드 35 는 로마의 빛나는 장식품, 우아한 라비니어를 사랑하고 존경합니다. 그래서 여기서 내 사랑하는 친구들을 해산하며, 내 운명과 시민의 호의에 의거해 내 권리가 균형을 갖추도록 하고자 합니다.

(배시에이너스의 추종자들 퇴장한다.)

**새터나이너스** 내 권리를 주장해 주었던 내 친구들이여, 여러분 모두에게
감사를 표하며 해산을 명령하며, 나와 내 몸, 그리고 내 주장을
모두 국가의 애정과 호의에 맡깁니다. (새터나이너스의 추종자들 퇴장한
다.) 내가 로마를 자부심과 친절함으로 대했듯이 로마여, 내게 정
당하고 도움을 주기를. 내가 들어갈 수 있도록 문을 열라.

**배시에이너스** 호민관. 경쟁력 없는 경쟁자인 나도 들어가겠소. (그들은 의
사당으로 올라간다.)

장교 들어온다.

**장교** 로마인이여 길을 내시오. 미덕의 수호자이며 로마의 최고의 승자,
싸우는 전투마다 승리했으며, 자신의 칼로 영역을 긋고 로마의
적들을 지배한 훌륭한 앤드러니커스가 명예와 행운과 함께 돌아
오십니다.

무어인 그리고 가능한 많은 사람들이 들어오고,
관을 내려놓으며 타이터스가 연설한다.

**타이터스** 애도의 마음으로 가득 차 있는 로마로 돌아왔소. 보라. 화물을
부리는 상선이 처음 정박했던 곳에서 만으로 돌아오듯이, 월계수
가지를 인 채로, 조국을 진실한 기쁨의 눈물로 경배하기 위해 앤
드러니커스가 돌아왔소. 의사당의 위대한 수호자인 그대가 우리
가 계획하는 의례를 준비하고 있구나. 프라이엄 왕이 가졌던 자
식의 수의 반인 25명의 용감한 아들들의 불쌍한 유해를 보시오,
로마인이여. 생존한 아들들에게는 로마가 애정으로 보답하게 하

고, 죽어 돌아온 이들은 조상의 가묘에 묻힐 수 있도록 해주시오.
여기 고스족은 내가 칼집에 칼을 도로 넣을 수 있도록 해주었소.
자신의 아들들에게는 친절하지 못하고 배려 못하는 타이터스는
아들들이 아직 묻지 못하여 저승의 끔찍한 강가를 헤매도록 하
고 있으니 이것이 웬일인가? 그들이 형제 곁에 누울 수 있어야 60
하겠소. (묘의 문이 열린다.) 조국의 전쟁 중에 죽음을 맞은 이들이여,
망자가 그렇듯이 묵언 가운데 인사하고 평화 속에 잠들라. 오 내
기쁨의 성스러운 납골당이여, 미덕과 고귀함의 달콤한 방에 다시
는 내게 돌아오지 못할 내 아들들이 얼마나 많이 묻혀 있는가.

**루시어스** 고스족 중에 가장 고귀한 신분의 포로를 넘겨주십시오. 그의 65
사지를 잘라 높이 단을 만들어, 위무 받지 못한 영혼들이 묻혀 있
는 이곳에서 그의 살을 희생시켜야 합니다. 그래야 지상의 재앙
이 우리를 방해하지 못할 것입니다.

**타이터스** 생존한 고스족 중의 가장 고귀한 이, 어려움에 놓인 여왕의 장
자를 네게 주겠다. 70

**타모라** 잠깐. 로마의 형제들이여! 관대한 정복자, 용감한 타이터스여. 내
가 흘리는 눈물, 아들을 위해 격렬히 흘리는 어미의 눈물을 살펴
주십시오. 당신의 아들이 당신에게 귀했다면, 내 아들이 내게도
귀할 수 있음을 고려해 주십시오. 당신의 승리를 장식하기 위해,
또 당신과 로마의 굴레에 포로로 우리가 로마로 끌려 왔다는 것 75
만으로는 부족하신가요. 자기 나라를 위해 용감히 싸웠다는 이유
로 내 아들이 저자 거리에서 죽어야만 한단 말인가요? 왕과 공화
국을 위해 싸우는 것이 당신에게 충성이라면 우리 아들도 같은

이유로 싸운 것이 아닌가요. 앤드러니커스여, 당신의 가묘를 피
로 물들이지 마십시오. 신에 다가가려면 자비로워야 합니다. 자
비야말로 고귀함의 진정한 표식입니다. 너무도 고귀한 타이터스
여, 내 장자를 살려주십시오.

**타이터스**  왕비여, 조용히 하고 나를 용서하시오. 이들은 당신네 고스족
에 의해 죽음을 당한 그들의 형제요. 살육당한 형제들을 위해 그
들은 경건히 희생제물을 원하고 있소. 이 목적을 위해 당신의 아
들이 표적이 되었으니, 죽어 신음하는 영혼들을 달래기 위해서는
그는 죽어야 하오.

**루시어스**  저 자를 끌고 나가 바로 불을 피우고 장작더미 위에 그를 올려
놓고 그의 사지를 절단해 불길이 그의 몸을 깨끗이 먹어치우게
하자. (타이터스의 아들들, 알라버스와 함께 퇴장한다.)

**타모라**  오 잔인하고 무도한 일이다!

**카이론**  스키타이인도 저렇게 야만적이지는 않을 것이다.

**드미트리어스**  스키타이인을 야망으로 가득 찬 로마와 비교할 일이 아니
지. 알라버스는 영면을 취하겠지만 우리는 살아남아 타이터스의
위협적인 시선을 받으며 떨게 될 것이니. 그러니 어머니. 마음을
단단히 먹고, 트라키아 진영의 독재자에 대한 날카로운 복수의
기회를 트로이의 여왕에게 주었던 그 신들이 고스족의 여왕인 타
모라의 편을 들어주어 어머니의 적들에게 피비린내 나는 복수를
해줄 것을 희망해 보십시오.

**루시어스**  보십시오. 주군이자 아버님. 우리의 로마식 의례가 행해지는
것을. 알라버스의 사지는 베어졌고, 그의 창자는 희생제물을 받

아들이는 불길에 던져져 향 같은 연기가 하늘을 물들이고 있습니다. 이제 우리 형제들 매장하는 일만 남았으니, 큰 트럼펫 소리와 함께 형제들을 로마로 영접하시죠.

**타이터스** 그렇게 하자. 그리고 나는 그들의 영혼에 마지막 인사를 하련 105
다. (트럼펫 소리 울리고, 묘에 관을 내려놓는다.) 아들들이여, 평화와 영예 속에 편히 잠들라. 로마의 준비된 승자들이여, 여기서 영면하고, 세상의 위험과 불행에서 물러나 있으라. 이곳에는 어떤 반역도 없고, 어떤 질투도 없으며 어떤 독초도 자라지 않고 폭풍도 불지 않는다. 소음도 없이 단지 침묵과 영원한 잠만이 있는 이곳에서 110
평화와 명예 속에 영면하라, 내 아들들이여.

라비니어 들어온다.

**라비니어** 평화와 명예를 지니시고 장수하십시오. 타이터스여. 내 고귀한 주군이신 아버지는 명예로우십니다. 보세요. 이 묘 앞에서 죽은 이에게 바치는 눈물을 내 형제의 장례식에 바칩니다. 당신의 발 치에 저는 무릎 꿇고 로마로 귀환하신 것을 기쁨의 눈물로 이 땅 115
을 적십니다. 오, 당신의 승리의 손으로 저를 축복해 주십시오. 로마의 최고의 시민들이 당신의 행운을 경축하고 있습니다.

**타이터스** 친절한 로마여, 너는 내 늙은 마음을 기쁘게 하려고 나를 위로 하는구나. 라비니어야, 아버지보다 오래 살아 영원히 미덕으로 칭송받도록 해라.
120

마커스 앤드러니커스와 호민관 들어온다.

새터나이너스와 배시에이너스
그 밖의 인물들 다시 들어온다.

**마커스** 내 사랑하는 형님, 로마의 눈에 훌륭한 승리자, 타이터스여, 장수
하십시오.

**타이터스** 고맙다. 훌륭한 호민관, 고귀한 형제 마커스.

**마커스** 성공을 거둔 전쟁에서 돌아온 조카들도 환영한다. 살아 돌아온
125  이와 명예 속에 잠들어 있는 이 모두를. 제경들. 조국을 위해 칼
을 뽑아든 그대들의 공적은 모두 훌륭하다. 그러나 죽어서 비로
서 행복을 누리며 명예의 침상에 누워있는 이 장례식의 주인공이
야말로 더 큰 승리자다. 타이터스, 당신의 친구인 로마의 시민들
이 그들의 호민관이자 신뢰의 대상으로 나를 뽑아 당신에게 보냈
130  습니다. 이 하얗고 오점 없는 의회는 돌아가신 황제의 아들들과
함께 그대를 황제 후보자로 지명하였소. 자 하얀 옷을 입고 주인
없는 로마에 주인이 되어 주십시오.

**타이터스** 나이가 들어 허약해진 나보다는 영광스런 자리에 더 나은 지도
자가 필요할 것이오. 내가 이 옷을 입고 그대들을 불편하게 해서
135  야 되겠소? 오늘 당선되지만 내일은 통치를 더 하지 못하고 삶을
마감한다면 그대들 모두에게 또 번거로운 일을 시키는 셈이 되
오. 로마여. 나는 40년간을 조국을 위해 일하면서 성공적으로 국
가를 강력하게 했고 21명의 용감한 아들들을 땅에 묻었소. 그들
은 전장에서 싸우고 전투 중에 남자답게 고귀한 조국의 권리를
140  위해 또 조국에 대한 봉사로 죽음을 맞았소. 내게는 세계를 통치
할 왕 홀이 아니라 내 나이에 어울리는 영예의 지팡이를 건네주

오. 제경들, 나는 그것을 똑바로 끝까지 들고 있을 것이오.

**마커스** 타이터스. 황제의 직위를 요청하고 받으십시오.

**새터나이너스** 오만하고 야심에 찬 호민관같으니. 그런 말을?

**타이터스** 참으십시오. 새터나이너스 왕자님. 145

**새터나이너스** 로마인이여, 내게 정의를 베풀라. 귀족들이여 칼을 뽑아
들고 새터나이너스가 로마의 황제가 될 때까지는 칼집에 넣지 말
라. 앤드러니커스, 내게서 로마 시민의 마음을 앗아가느니, 차라
리 지옥에나 가시오.

**루시어스** 오만한 새터나인, 고귀한 성품의 타이터스의 그대를 위한 마음 150
을 망치다니!

**타이터스** 참으시오, 왕자님. 내가 민중의 마음을 움직여 그들의 마음이
다시 당신에게로 향하게 하겠소.

**배시에이너스** 앤드러니커스여. 아첨으로 하는 말이 아니라 나는 당신을
경외하고 죽을 때까지 그럴 것이요. 당신의 친구들로 그대가 내 155
도당에 힘을 실어 준다면 정말 감사할 것이며, 고귀한 분에게 감
사는 그것만으로 보상이 될 것입니다.

**타이터스** 로마의 시민이여, 그리고 여기 모인 시민의 호민관이여. 당신
의 목소리와 당신의 참정권을 앤드러니커스에게 호의적으로 내
어 주시겠소? 160

**호민관들** 훌륭한 앤드러니커스를 만족시키기 위해서라면 또한 그의 무
사한 귀환을 축하하기 위해 우리는 그가 인정하는 분을 맞아들일
것입니다.

**타이터스** 호민관 여러분, 감사하오. 내가 요청하니, 황제의 장자인 새터

165 나이너스는 그 미덕이 태양신 타이탄의 빛처럼 로마를 비출 분이

며, 로마를 더 정의롭게 할 분으로, 내 충고를 따라 그를 선출한

다면 그에게 왕관을 씌워주고 황제 폐하 만세라고 외쳐 주시오.

**마커스** 귀족과 평민, 모든 이의 목소리와 박수를 담아 새터나이너스를

로마의 위대한 황제로 선출하며 '새터나이너스 황제 폐하 만세!'

170 라고 외칩니다.

**새터나이너스** 타이터스여. 오늘 선거에서 그대가 베풀어준 호의에 대해

그대가 받을 자격이 있는 감사를 전하며, 행동으로 그대의 관대

함에 보답할 것이오. 먼저, 타이터스, 그대의 명성과 영예로운 가

문을 드높이기 위해 로마의 고귀한 여인이며 내 마음의 연인인

175 라비니어를 로마의 신전인 성스러운 판테온에서 황후로 맞겠소.

**타이터스** 이 결혼으로 보여준 당신의 자비에 굉장한 영예를 느낍니다.

로마가 보고 있는 이곳에서 저는 내 칼과 내 전차와 내 포로들을

로마의 왕이자 지휘관이며 이 넓은 세계의 황제인 새터나이너스

에게 바칩니다. 로마의 훌륭한 주인에게 바치는 바입니다. 이것

180 들과 함께 제가 당연히 드려야 할 헌사와 제 명예의 깃발도 당신

발 앞에 바칩니다.

**새터나이너스** 고맙소, 고귀한 타이터스, 내 생명의 아버지여. 그대와 그

대의 선물에 내가 얼마나 자부심을 갖고 있는 지를 로마는 기록

해 둘 것이며, 이 말로 표현할 길 없는 은공을 잊는다면, 로마인

185 이여, 나에 대한 충성 또한 잊어도 좋다.

**타이터스** 부인, 이제 당신은 황제의 포로요. 당신의 명예와 당신의 나라

를 배려해서 당신과 당신의 추종자들을 격에 맞게 대우하실 거요.

**새터나이너스** 아름다운 부인, 나를 믿으시오. 내가 다시 선택할 수 있다면 그대를 선택할 터인데. 그 울적한 낯빛을 거두시오. 전쟁의 비운으로 인해 그대 얼굴에서 쾌활함은 사라졌지만 그대는 로마에서 조롱거리가 되지는 않을 것이오. 모든 점에서 관대하게 대하겠소. 내 말을 믿고, 만족하지 못해 희망을 꺼뜨리지는 마시오. 부인. 그대를 고스족의 여왕보다도 더 위대하게 만들 수 있는 사람이 당신을 위로하고 있소. 라비니어, 내 이런 처사에 불편한 것은 아니겠지요? 195

**라비니어** 그렇지 않습니다, 폐하. 진실한 고귀함이 있어야 관대한 예우로 말씀하실 수 있는 것이니까요.

**새터나이너스** 고맙소, 상냥한 라비니어. 로마인이여, 갑시다. 여기서 몸값을 받지 않고 포로들을 방면하겠소. 여러분, 나팔과 북을 울려 황제의 명예를 선포하라. 200

**배시에이너스** 타이터스 경, 당신이 허락해주면 이 처녀는 내 부인입니다.

**타이터스** 어떻게 그런 말을, 진심으로 하시는 말씀입니까, 왕자님.

**배시에이너스** 그렇습니다, 고귀한 타이터스. 이성과 권리에 합당한 일을 할 결심입니다.

**마커스** 각자의 몫이 있다는 것은 우리 로마의 정의에 부합하는 것입니다. 이 왕자님은 공정하게 자신의 것을 주장하고 있는 겁니다. 205

**루시어스** 루시어스가 살아 있는 한 왕자님은 자신의 것을 얻을 자격이 있습니다.

**타이터스** 반역자들, 물러가라! 황제의 친위병은 어디 있느냐? 반역이다. 황제 폐하, 라비니아를 빼앗겼습니다. 210

**새터나이너스**  빼앗겨! 누구에게?

**배시에이너스**  정당하게 약혼자를 데려갈 사람이 데려가오. (마커스와 배시에이너스가 라비니어와 함께 퇴장한다.)

**뮤티어스**  형제들이여. 그러니 라비니어를 데려가도록 도와라, 나는 칼로써 이 문을 지키고 있겠다. (루시어스, 퀸터스와 마티어스 퇴장한다.)

215 **타이터스**  따르십시오. 폐하, 제가 곧 라비니어를 데려 오겠습니다.

**뮤티어스**  아버님. 여기를 못 지나가십니다.

**타이터스**  뭐라고, 악당 같은 놈. 로마에서 내 길을 막겠다는 것이냐? (타이터스가 뮤티어스를 죽인다. 소동이 일어난 와중에 새터나이너스, 타모라, 드미트리어스, 카이론 그리고 아론 퇴장한다.)

**뮤티어스**  도와 줘, 루시어스, 도와 줘!


루시어스 다시 등장한다.


**루시어스**  아버님. 공정하지 못하셨습니다. 아니 그보다 더합니다. 아들
220    을 죽이시다니 부당합니다.

**타이터스**  너도 저 아이도 내 아들이 아니다. 내 아들이 내게 불명예스럽게 할 수는 없다. 반역자 같으니, 라비니어를 황제께 돌려 드려라.

**루시어스**  원하신다면 죽을 수는 있지만 라비니어가 황제의 부인이 될 수
225    는 없습니다. 그들의 사랑도 또 하나의 합법적인 사랑입니다.


무대 위쪽 편에서 황제가 타모라와 그의 두 아들,
그리고 무어인 아론과 함께 들어온다.

**새터나이너스** 아니오, 타이터스, 아니오, 황제는 그녀가 필요치 않소. 그
녀도, 그대도, 그대 가문의 어떤 누구도 필요치 않소. 나를 조롱
한 이를 믿을 수 없소. 그대도, 반역하는 오만한 그대의 아들들도
공모해서 나를 능멸하고 있소. 로마에서 다름 아닌 새터나인이
조롱거리가 되다니. 좋소, 앤드러니커스. 이런 행위는 내가 당신    230
손에 있는 제국을 구걸해 얻었다고 주장하는 당신의 오만한 허풍
과 합치되는 일이오.

**타이터스** 터무니없습니다. 이리 책망을 하시다니.

**새터나이너스** 가시오, 가. 저 변덕스런 것은 칼로 그녀를 빼앗아 간 것에
게나 주어 버리시오. 당신의 무도한 아들들과 함께 사람들 입에    235
오르내리기에 적합하고 로마를 동요시킬 용감한 사위를 맞으시오.

**타이터스** 그 말씀은 상처받은 제 마음에 비수를 꽂는 것 같습니다.

**새터나이너스** 그러니 사랑스런 타모라, 고스의 여왕이여, 요정들 사이에
서있는 우아한 달의 여신, 포이베처럼 로마의 멋진 부인들 위로
더 밝게 비추시오. 그대가 나의 갑작스런 선택에 만족한다면 보시    240
오, 타모라 그대를 내 부인으로, 로마의 황후로 삼겠소. 말해 보시
오, 고스의 여왕, 내 선택에 만족하시오? 이 자리에서 로마의 모든
신에 두고 맹세하건대, 성직자와 성수가 근처에 있고 초들은 밝게
비추고 있으며 모든 것이 결혼의 신, 히멘이 왕림할 준비가 되어
있으므로, 나는 이곳에서 내 신부와 결혼해 나갈 때까지 로마의    245
거리에 경의를 표하지도 않고 내 궁전에 오르지도 않겠소.

**타모라** 여기 로마로 이르는 천국 앞에서 맹세하건대, 새터나이너스가 고
스의 여왕을 로마의 황후로 맞는다면, 여왕은 황제의 욕망의 시

녀가 되고 사랑하는 유모가 되고 황제의 청춘에 바치는 어머니가 될 것입니다.

**새터나이너스** 아름다운 여왕, 판테온에 오르시오. 경들. 고귀한 황제와 지혜로 신부를 정복한 새터타니어스 황제를 위해 하늘에서 보내 준 사랑스런 신부를 따르라. 그곳에서 우리 결혼식을 거행하겠소.

(타이터스를 제외하고 모두 퇴장한다.)

**타이터스** 이 신부를 섬기는데 나는 초대받지 못했다. 타이터스. 혼자 걸으면서 이렇게 모욕당하고 이런 대우를 받은 적이 있던가? (마커스, 루시어스, 퀸터스 그리고 마티어스 등장한다.)

**마커스** 오 타이터스, 보십시오. 오 당신이 한 일을, 한심한 싸움에서 훌륭한 아들을 죽이다니.

**타이터스** 아니다. 바보 같은 호민관, 아니야. 내 아들이 아니야. 너도, 얘네들도, 우리 가족의 명예를 실추시킨 공범자들일 뿐. 한심한 동생아, 한심한 아들들아!

**루시어스** 뮤티어스를 걸맞게 매장할 수 있게 해주십시오. 뮤티어스가 우리 형제들과 함께 묻힐 수 있도록 해주십시오.

**타이터스** 반역자들, 물러가라! 뮤티어스는 이 가묘에 묻힐 수 없다. 이 가묘는 500년 동안 건재해왔으며, 내가 화려하게 재건한 것으로, 이곳에는 영예롭게 죽은 전사들과 로마의 하인들만이 묻힐 수 있다. 떠들썩하게 싸우다가 천박하게 죽은 것은 여기에 묻힐 수 없다. 원하는 곳에 묻어라, 그러나 이곳으로는 들어 올 수 없다.

**마커스** 형님. 이것은 무도한 일입니다. 내 조카 뮤티어스의 행위가 여기에 묻힐 자격이 있다고 탄원하고 있습니다. 그는 형제들과 함께

이곳에 묻혀야 합니다. 270

**마티어스** 그래야 합니다. 그렇지 않으면 우리도 그의 뒤를 따르겠습니다.

**타이터스** 그래야 한다고! 어떤 놈이 그런 말을?

**마티어스** 이곳이 아니라면 어디에서고 인정받을 놈이 한 말입니다.

**타이터스** 뭐라고, 내가 허락하지 않아도 그렇게 하겠다는 말이냐?

**마커스** 아닙니다. 고귀한 타이터스. 다만 뮤티어스를 용서하고 그를 이 275
곳에 묻게 해 달라고 간청할 뿐입니다.

**타이터스** 마커스, 너마저도 가문을 더럽히다니, 이 녀석들과 함께 너도
내 명예를 더럽혔다. 너희 모두는 내 적이다. 그러니 더 이상 나
를 귀찮게 하지 말고 물러가라.

**퀸터스** 아버지는 제 정신이 아니시다. 가자. 280

**마티어스** 나는 갈 수 없습니다. 뮤티어스의 뼈가 묻힐 때까지는.


**마커스와 아들들 무릎을 꿇는다.**


**마커스** 형님. 형님의 이름으로 간청합니다.

**마티어스** 아버님. 아버님의 이름으로 간청합니다.

**타이터스** 더 이상 말하지 말라, 소용없으니.

**마커스** 명망 있는 타이터스, 내 영혼 같으신 분. 285

**루시어스** 경애하는 아버님. 우리 모두의 영혼이자 실체인 분.

**마커스** 당신의 동생 마커스가 명예롭게 라비니아를 위해 죽은 고귀한 조
카를 명예로운 둥지에 묻기 위해 애쓰고 있습니다. 당신이 로마
인이라면 야만스러워서는 안 됩니다. 그리스인들은 충고를 받아
들여 자살한 에이잭스를 매장했고, 현명한 레어티즈의 아들은 그 290

의 장례식을 치러주기 위해 정중하게 간청했습니다. 형님의 기쁨
이었던 젊은 뮤티어스가 이곳에 묻히는 것을 막지 말아주십시오.

**타이터스**  일어나거라, 마커스, 일어나. 오늘은 내가 본 날 중에 가장 음
울한 날이구나. 로마에서 내 아들들이 내 명예를 실추하다니! 자.
295  묻어라. 그 다음에 나를 묻어라.

그들은 뮤티어스를 가묘에 묻는다.

**루시어스**  착한 뮤티어스야. 트로피로 너의 묘를 장식할 때까지 네 친구
들과 함께 저기에서 몸을 쉬도록 해라.

**모두**  (무릎 꿇으며) 고귀한 뮤티어스를 위해 아무도 눈물을 흘리지 않는
다. 명예를 위해 죽은 그는 명예롭게 살아 있다.

300  **마커스**  형님. 이 음울한 우울을 벗어 던지기 위해 묻는 말이지만, 교활한
고스의 여왕이 어떻게 갑자기 로마에서 황후가 될 수 있었죠?

**타이터스**  나는 모른다. 마커스. 그러나 이것은 안다. 고의건 아니건 간에
하늘은 알고 있다. 그녀에게 이렇게 높은 지위를 안겨준 사람에
게 그녀가 신세를 지고 있다는 것을. 그렇다. 그녀는 신세진 이에
305  게 위엄 있게 보답할 것이다.

황제, 타모라 그리고 무어인과 함께
타모라의 두 아들이 한 쪽 문으로 들어온다.
다른 쪽 문에서 배시에이너스와 라비니어가
다른 사람들과 등장한다.

**새터나이너스**  그래, 배시에이너스, 전리품을 손에 넣었구나. 네 용감한

신부로 인해 기쁨을 얻기를.

**배시에이너스** 황제 폐하도 그러시길 바랍니다. 전 더 이상 할 이야기가 없습니다. 더 바랄 것도 없고요. 그러니 저는 물러가겠습니다.

**새터나이너스** 반역자. 로마에 법이 살아있거나 내게 힘이 있다면 너와 310 너의 도당들은 이 약탈을 후회하게 될 것이다.

**배시에이너스** 제 것, 약혼한 내 사랑, 그리고 내 부인을 데려 가는 것을 약탈이라고 말씀하셨습니까? 로마의 법이 결정할 일입니다. 그동안 저는 제 것을 소유하고 있을 밖에요.

**새터나이너스** 좋다. 그대는 상당히 날카롭게 반응하는군. 그러나 내가 315 살아 있는 한 나 역시 그대를 관대하게 봐 줄 수는 없다.

**배시에이너스** 폐하, 저도 최선으로 응답하겠으며 그 일에 목숨을 걸 겁니다. 그렇게 폐하께서 제 뜻을 알게 되실 겁니다. 로마에 빚지고 있는 모든 의무에 걸고 말씀드리건대, 여기 고귀한 신사, 타이터스께서는 라비니어를 도로 데려 가려다가 막내아들을 자신의 손 320 으로 죽이셨지만, 이는 폐하에 대한 충성으로 한 일이며, 극도로 분노하여 통제력을 잃으셨습니다. 새터나이너스, 자신이 한 모든 행위에서 폐하와 로마에 아버지이자 친구임을 증명해 보인 그를 다시 받아들여 주십시오.

**타이터스** 배시에이너스 왕자님. 제 일로 탄원하지 마십시오. 내 명예를 325 실추시켰던 이는 다름 아닌 왕자님과 저들입니다. 내가 새터나이너스를 얼마나 사랑하고 경애하는지, 로마와 공정한 하늘이 저의 심판관이 되어 주시길.

**타모라** 훌륭하신 폐하. 혹시 타모라가 황제의 눈에 아름답게 보인다면,

330 모두를 위해 공정하게 하는 제 말을 들어 주십시오. 그리고 폐하, 제 간청으로 지난 일은 용서하십시오.

**새터나이너스** 뭐라고, 부인, 공개적으로 망신당하고도 복수도 하지 않고 비열하게 참으라는 말이요?

**타모라** 폐하, 그런 말이 아닙니다. 로마의 신들께서도 제가 폐하의 명예
335 를 실추시키는 것을 원치 않으실 겁니다. 그러나 제 명예를 걸고 감히 훌륭한 타이터스의 무고함을 말씀드리는 것입니다. 가식적으로 꾸미지 않은 타이터스의 분노는 그의 애통함을 보여줍니다. 제가 청하니, 그를 어여쁘게 보아 주시고, 공연히 고귀한 친구를 잃지 마시고 또한 불편한 안색으로 그의 고귀한 마음에 고통을
340 주시 마십시오. (새터나이너스에게 방백한다.) 폐하, 제 말을 들으시고 최후의 승자가 되십시오. 원한과 불만은 모두 거두십시오. 황제 께서는 이제 막 권좌에 앉으셨습니다. 시민들과 귀족들이 이 사태를 공정하게 살핀 후 타이터스의 편이 되어 당신이 로마가 끔찍한 죄로 생각하는 배은망덕을 저질렀다고 생각하는 일이 없도
345 록 하십시오. 소청들을 받아들이고 제게 맡겨 두시면 어느 날 저들 모두를 일거에 퇴치해 버릴 것입니다. 그리고 저 도당과 가족, 잔인한 아버지와 무도한 그의 아들들을 제 마음에 깊이 새겨놓을 것입니다. 그들에게 내 귀한 아들의 생명을 탄원했건만. 여왕이 길거리에서 무릎을 꿇고 자비를 청한 것이 수포로 돌아가는 일이
350 어떤 일인지를 그들에게 알게 해주겠습니다. (큰 소리로) 자, 자, 훌륭한 황제 폐하, 그리고 앤드러니커스. 훌륭한 노구를 일으켜 세워 폐하의 분노에 찬 찡그림에 죽어가는 저 마음에 생기를 불어

넣어주십시오.

**새터나이너스** 일어나시오, 타이터스. 일어나시오. 내 황후가 이겼소.

**타이터스** 폐하와 황후께 감사드립니다. 폐하의 말씀과 표정이 제게 새로 355
운 생명을 불어 넣습니다.

**타모라** 타이터스. 나는 이제 로마인이오. 이제 기쁘게 로마인으로서 황
제의 안녕을 위해 충고를 드릴 것이오. 앤드러니커스, 오늘의 모
든 분규는 끝이 나고, 폐하와 폐하의 친구들을 화해시킨 일은 제
게는 영광입니다. 배시에이너스 왕자님. 당신이 좀 더 부드럽고 360
온순해 질 것이므로 두려워 할 것이 없다고 제 말과 약속을 폐하
께 전달했습니다. 그리고 라비니어도. 내 충고컨대, 모두 무릎을
꿇고 폐하의 용서를 청하십시오.

**루시어스** 그렇게 하겠습니다. 또한 우리가 한 일은 우리로서는 온순한
행위였으며, 내 여동생의 명예, 그리고 우리의 명예를 지키고자 365
한 일이었음을 하늘에 또 폐하께 맹세합니다.

**마커스** 내 명예를 걸고 여기서 저도 맹세합니다.

**새터나이너스** 물러가라. 아무 말도 말고, 짐을 더 이상 괴롭히지 마라.

**타모라** 아닙니다. 아니에요. 훌륭하신 폐하. 우리는 모두 친구가 되어야
합니다. 호민관과 그의 조카들이 무릎을 꿇고 자비를 청하고 있 370
습니다. 제 청을 들어 주십시오. 폐하, 뒤돌아보아 주십시오.

**새터나이너스** 마커스, 너를 위해, 또한 여기 있는 네 형을 위해. 사랑스
런 타모라의 간청도 있으니 짐은 이 젊은이들의 가증스런 잘못을
면해 주겠다. 일어나라. 라비니어, 네가 무례하게 나를 떠났지만
나는 친구를 찾았고, 나는 맹세컨대 결코 그녀와 헤어지지 않을 375

것이다. 자, 황제의 궁정에서 두 신부를 맞을 수 있다면 라비니어
와 그대의 친구들은 나의 손님이요. 타모라, 오늘은 화해의 날이
될 것이오.

**타모라** 폐하께서 좋으시다면 내일 저와 함께 검은 표범과 사슴을 사냥하
러 가시지요. 뿔피리와 사냥개를 데리고 나가면 좋은 날이 될 것
입니다. (트럼펫 소리 울린다. 아론만 남고 모두 퇴장한다.)

380

# 2막

# 1장

아론 혼자 있다.

**아론**    이제 타모라는 올림퍼스 산 정상에 올랐다. 운명의 화살로부터
안전히 벗어나 천둥소리와 번개로부터 안전히 시기의 위협을 벗
어나 높이 앉아 있다. 황금 태양이 아침에 인사를 하고 대양을 햇
살로 감싸고 번쩍이는 마차에 앉아 황도대를 달려간다. 그리고
5            높이 솟아 있는 언덕들을 굽어보듯이 타모라도 그렇다. 그녀의
지략에 지상의 영예가 달려 있고, 그녀가 찡그리기만 해도 미덕
이 무릎을 꿇고 몸을 떤다. 그렇다면, 아론, 가슴을 무장하고 생
각을 정비해 너의 황후와 함께 높이 올라, 네가 오랫동안 수인으
로 삼아 애정의 고리로 묶어온 그녀만큼 올라가라. 그리고 프로
10           메테우스가 코카서스에 묶여 있는 것보다 더 단단히 아론의 매력
적인 눈에 그녀를 묶어 두어라. 하인의 복장과 굴종스런 생각들
은 모두 떨쳐 버려라! 나는 진주와 황금처럼 밝게 빛나며 이제 갓
황후가 된 타모라를 보필할 것이다. 보필이라고 내가 말했던가?
이 여왕과, 이 여신과, 이 세미라미스와, 이 요정과, 로마의 새터
15           나인을 매료시킬 이 사이렌과 놀아나야지. 그리고 황제와 황제의
나라의 파산을 지켜볼 것이다. 야아! 이게 왠 소란이지?

카이론과 드미트리어스 으스대며 들어온다.

**드미트리어스**  카이론, 네 연배로는 지략이 부족하고 네 지략에는 날카로
움이 떨어져. 게다가 내가 애정을 받고 있는 데 끼어들다니 매너
도 없구나.

**카이론**  드미트리어스. 너는 매사 잘난 척인데다 위협으로 나를 얕잡아    20
보더니 이번 일에서도 잘난 척이군. 한두 살 차이가 있다고 내가
너보다 덜 훌륭한 것도 아니고 네가 더 운이 좋다고 볼 수도 없
지. 내 연인을 섬기고 연인의 애정을 받기에 나는 너만큼 능력도
있고 어울리기도 해. 그리고 라비니어의 애정을 받기 위한 내 열
정을 칼로 증명해 보일 수도 있어.    25

**아론**  이 사람들이! 저 여자 때문에 싸움을 벌이겠는 걸.

**드미트리어스**  아니, 꼬마야, 어머니가 모르고 네게 장식용 칼을 주셨다고
해서 네 편을 위협할 만큼 그렇게 컸다는 건가? 덤벼 봐. 칼을 다
루는 법을 더 잘 알기 전까지는 칼을 칼집에 고이 숨겨 놔야 할 걸.

**카이론**  내 칼솜씨가 아직 미숙하지만 형을 상대할 정도는 될 걸.    30

**드미트리어스**  그래, 꼬마야. 그렇게 용감해졌다고? (둘 다 칼을 뽑는다.)

**아론**  아니, 어떻게 지금, 왕자님들! 황제의 궁전이 바로 옆인데 칼을
뽑고 공개적으로 싸움을 벌이다니! 이 싸움의 이유는 내 잘 알고
있소. 금덩이를 가져다준다 해도 이 일을 그들에게 알려서는 안
되오. 또한 로마의 궁정에서 당신들의 고귀한 어머니가 이 일로    35
불명예를 겪게 해서는 안 되오. 수치스러우니, 참으시오.

**드미트리어스**  내 칼을 저 녀석의 가슴팍에 꽂을 때까지는 그럴 수 없다.
그리고 이 칼을 내 명예를 실추시킨 저 목구멍까지 찔러 저 비난
의 말을 도로 삼키게 하겠소.

40 **카이론** 나는 준비가 되어 있고 결단도 확실하다. 혀로는 큰소리를 치지
　　　 만 무기로는 아무 일도 하지 못하는 입만 걸은 비겁자같으니.

**아론** 그만하시오. 내가 말했소. 이제, 호전적인 고스족이 경배하는 신
　　 에 두고 맹세하건대, 이 사소한 싸움으로 우리 모두 망하고 말거
　　 요. 자, 왕자님들. 로마 왕자의 권리를 침해하는 것이 얼마나 위
45　 험할지 생각해 보았소? 뭐라고. 그녀의 애정을 얻고자 하는 싸움
　　 이 통제도 정의도 없이 행해질 정도로 라비니어가 그렇게 만만한
　　 상대고 배시에이너스가 그렇게 타락했다는 말이요? 젊은 왕자님
　　 들. 조심하시오. 만일 황후가 이 분규의 이유를 알게 된다면 그
　　 냥 넘어가지는 않을 것이오.

50 **카이론** 나는 신경 쓰지 않아. 어머니도 세상도 관심 없어. 난 이 세상 무
　　　 엇보다도 라비니어를 사랑해.

**드미트리어스** 애송이. 너한테는 더 천박한 선택이 어울려. 라비니어는
　　　 네 형의 희망이다.

**아론** 아니, 미쳤소? 아니면 로마인들이 얼마나 격렬하고 참을성이 없
55　 으며 사랑싸움을 벌이는 이들을 참아주지 못한다는 것을 모른다
　　 는 말이요? 왕자님들, 내 말하지만 이런 일로 당신네들의 죽음만
　　 초래할 뿐이오.

**카이론** 아론. 내가 연모하는 그녀를 얻기 위해서라면 천 번이라도 죽을
　　　 각오가 돼 있소.

60 **아론** 그녀를 얻는다구요! 어떻게?

**드미트리어스** 왜 그렇게 이상하게 받아들이지? 그녀가 여성이니까 구애
　　　 받을 수 있고, 여성이니까 얻을 수 있고, 그녀가 라비니어니까 사

랑받아야 하는 거지. 이 봐. 물방앗간의 물은 주인 모르게 흘러가고, 큰 빵에서 작은 빵조각을 잘라 내는 건 쉽지. 우리는 알고 있지. 배시에이너스가 황제의 동생이라지만 그보다 높은 사람도 오 65 쟁이 진 사람이 많다는 걸.

**아론**  (방백) 그렇군. 새터나이너스도 오쟁이 지게 될 것이니.

**드미트리어스**  언변으로, 아름다운 외모에 편안한 태도로 구애하는 방법을 아는 이가 절망할 필요가 어디 있겠소? 아니, 당신도 종종 암사슴을 때려잡아 파수꾼이 눈치 못 채게 끌고 나오지 않았소?  70

**아론**  자, 그렇다면 잡아채거나 해서 목적을 달성한다는 말이겠다.

**카이론**  그렇지, 그렇게 해서 원하는 것을 얻는 것이오.

**드미트리어스**  아론, 바로 그거요.

**아론**  당신들도 제대로 알면 좋을 텐데! 그렇다면 우리가 이 야단법석을 떨 이유가 없소. 자, 들어 보시오. 들어 보라구. 이런 일로 싸 75 우다니 당신들은 바보요? 둘 다 만족할 수 있다면 불만이요?

**카이론**  정말, 난 아니요.

**드미트리어스**  나도 아니요. 그러니 나도 끼어 주시오.

**아론**  수치스러우니 힘을 합쳐 친구가 되시오. 당신들이 싸우는 바로 그것을 위해 힘을 합치란 말이오. 필요한 것을 얻기 위해선 전략 80 과 전술이 필요하오. 그냥 얻어지지 않는 것을 얻으려면 결단을 해야 하고, 그럼 억지로라도 당신이 원하는 것을 얻을 수 있을 거요. 이걸 잘 들으시오. 루크리스도 이 배시에이너스의 연인인 라비니어만큼은 정숙하지 않았다는 것을. 오래 가는 번민보다 좀 더 재빠른 절차를 취해야 하는 데, 내가 그 길을 찾았소. 왕자님 85

들. 진지한 사냥이 곧 있을 것이고, 그곳에는 아리따운 로마의 여성들이 여럿 나올 것이오. 숲길은 넓고도 넓어 강간과 악행 같은 것에 걸맞은 여러 새로운 묘안을 짤 수가 있소. 그리고 조심스러운 암사슴을 저쪽으로 데리고 가서 말로 안 되거든 힘으로 제압하면 되지. 이 방법이 아니고는 해결책이 없소. 자, 자, 악행과 복수에 신성한 지략을 갖춘 우리의 황후가 우리가 원하는 것에 도움이 되어 줄 것이오. 그럼 우리는 지략으로 가득 차서 당신들은 서로 싸울 필요도 없이 둘 다 원하는 것을 얻을 수 있게 될 것이오. 황궁은 말이 많은 곳이고, 혀와 눈과 귀로 가득 찬 곳이지. 숲은 잔인하고 두렵고 들리지 않고 무감각한 곳. 용감한 왕자님들, 거기서 말하고 때려잡아 당신네들의 목적을 이루면 되오. 숲이 하늘의 눈을 가리고 있는 그곳에서 욕망을 채우고 라비니어의 보물을 향락하는 거요.

**카이론** 그대의 충고에는 비겁한 냄새가 안나.

**드미트리어스** 옳건 그르건 간에 이 열기를 식혀줄 냇가를 만날 때까지, 이 발작을 잠재워 줄 마술을 접할 때까지, 나는 지옥에 있는 거나 마찬가지다.

## 2장

타이터스 앤드러니커스와 그의 세 아들이 사냥개와 뿔피리 소리를 내며
등장하고 마커스도 등장한다.

**타이터스**  사냥이 시작됐다. 아침은 밝은 회색 빛을 띠고 있고 들판은 향
기로우며 숲은 녹색 빛이다. 여기서 개를 풀어 짖게 해 황제와 그
사랑스런 신부를 깨우자. 왕자도 깨우고 사냥꾼의 종을 울려 궁
정에 그 소리가 울리게 하자. 아들들아. 황제의 신변을 주의 깊게
돌보는 것은 너희들의 책무다. 어제 밤에는 잠을 깊이 못 들었으 ₅
나 깨어나는 아침은 새로이 위안을 주는구나.

사냥개들 소리 뿔피리 소리가 들리는 가운데
새터나이너스, 타모라, 배시에이너스, 라비니어,
카이론, 드미트리어스 그 밖의 시종들 등장한다.

황제 폐하, 좋은 아침되소서. 부인. 부인께도 역시 좋은 아침 되
시길. 사냥꾼의 나팔소리를 대령했습니다.

**새터나이너스**  여러분, 소리가 너무 크게 울려 이제 갓 결혼한 신부들에
겐 너무 이른 시간인 듯싶소.                                    10

**배시에이너스**  라비니어. 괜찮소?

**라비니어**  저는 괜찮습니다. 벌써 두 시간 전부터 일어나 있었는걸요.

**새터나이너스**  자 그렇다면 말과 마차를 타고 사냥을 나갑시다. 부인, 이

제 우리 로마의 사냥법을 접하게 될 것이오.

15 **마커스** 폐하, 제겐 가장 잘난 표범이라도 잡을 수 있고 가장 높은 곳까지
도 올라갈 수 있는 개들이 있습니다.

**타이터스** 저는 사냥감이 있는 곳까지 말을 달려 제비같이 사냥감을 낚아
채겠습니다.

**드미트리어스** 카이론, 우리는 말과 사냥개로 사냥을 하는 것이 아니라
20 맛있는 암사슴을 넘어뜨릴 희망으로 사냥한다. (퇴장한다.)

# 3장

**아론**  지략이 있는 사람은 나무 아래에 이 많은 금을 숨겨 놓은 채 소유
하려 하지 않는 나를 보고 지략이 없다고 생각하겠지. 나를 그렇
게 한심하게 생각하는 사람은 이 금이 음모를 짜준다는 것을 모
르는 거지. 이것이 효과를 잘만 발휘한다면 훌륭한 악행이 될 거
야. 그러니 예쁜 금덩이야. 황후의 금고 돈을 쓰는 이들이 한번     5
당할 날을 기다리며 여기 쉬고 있거라.

타모라 혼자서 등장해 무어인에게 다가온다.

**타모라**  내 사랑스러운 아론. 만사가 즐거운 이때 왜 당신은 슬픈 얼굴인
가요? 새들은 덤불 위에 앉아 지저귀고 있고 뱀은 발랄한 햇빛
속에서 똬리를 틀고 있고, 녹색 잎들은 선선한 바람 속에서 몸을
떨면서 땅에 격자무늬의 그림자를 만들고 있으니 이 달콤한 그늘    10
아래에, 아론, 우리 앉읍시다. 재잘거리는 메아리가 사냥개 소리
를 따라하며 소리 좋은 뿔피리 소리에 날카롭게 반응하면서 마치
두 곳에서 사냥하는 소리가 하나로 들리는 듯한데, 우리 앉아 그
들이 소리치는 소리를 들어봅시다. 방랑하는 왕자와 디도가 운
좋게 폭풍을 만나 조용한 동굴 안에서 그들이 한때 즐겼을 그 몸    15

싸움을 마친 후에 우리 서로의 팔에 안겨 꿀 같은 잠을 청하도록 해요. 사냥개와 뿔피리, 달콤한 운율의 새들이 우리에겐 아기를 잠재우는 유모의 자장가 같으니까요.

**아론**　황후의 욕망은 금성이 지배하고 있지만 저는 토성이 지배하고 있습니다. 내 죽음 같은 눈빛, 내 침묵과 흐린 우울함. 뱀이 치명적인 독을 뿜기 위해 똬리를 풀 듯이 이제 곱슬머리가 직모처럼 되는 내 이 머리카락이 무엇을 의미하는 것일까요? 아닙니다, 전하. 이것은 성적인 표식이 아닙니다. 내 마음 속엔 복수심이, 내 손안에는 죽음이, 내 머리 속엔 피와 복수만 있습니다. 아. 타모라, 당신 품속에 안기는 것 이상의 바랄 것이 없는 내 영혼의 황후. 오늘은 배시에이너스에게 재앙의 날이 될 것입니다. 그의 필로멜은 오늘 혀를 잃게 될 것이고 당신의 아들들이 라비니어의 정절을 약탈하고 그 손을 배시에이너스의 피로 닦을 겁니다. 이 편지가 보이십니까? 자, 이것을 집어 이 치명적인 계획이 써 있는 문서를 황제에게 주십시오. 내게 더 이상 아무 것도 묻지 마세요. 우리를 지켜보는 눈이 많습니다. 저기 우리가 약탈하려 하는 것들이 자신들의 삶에 무슨 재앙이 벌어질지도 모르는 채 오고 있네요.

　　　　　　　　　배시에이너스와 라비니어 등장한다.

**타모라**　아, 내 사랑하는 무어, 내 목숨보다도 더 귀중한.

**아론**　이제 그만. 황후. 배시에이너스가 옵니다. 저 자에게 시비를 거세요. 나는 이 싸움이 어떤 내용이든 간에, 이 싸움을 지원해줄 당신 아들들을 데려 오겠으니.

**배시에이너스** 이게 누구신가요? 로마의 황후께서 어울리는 시종도 거느
리지 않고? 아니면 숲 속의 사냥을 지켜보기 위해 신성한 숲을
떠나 이곳으로 온 다이애나처럼 옷을 차려 입은 다이애나 여신이
신가?                                                                          40

**타모라** 내 사사로운 움직임까지 통제하려하는 무례한 자 같으니! 내게
다이애나가 가졌다고 하는 그런 힘이 있다면 네 관자놀이에 당장
뿔이 돋아나게 해줄 텐데. 액티온이 그랬던 것처럼. 그러면 사냥
개들이 네 새롭게 돋아난 사지에 달려들 텐데. 이 예의 없는 침입
자같으니.                                                                     45

**라비니어** 참으시지요. 훌륭한 황후님. 당신이 남편을 오쟁이 지게 하는
데 특출난 재능이 있다는 말이 있고, 당신의 무어와 당신이 그 재
주를 한번 부리기 위해 이곳에 있는 것으로 의심되는 걸요? 죠브
신께서 당신 남편이 오늘 사냥개 눈에 띄지 않게 해주시길 바래
요. 사냥개들이 그를 뿔난 수사슴으로 생각하고 달려들면 어쩌겠      50
어요.[1]

**배시에이너스** 보세요. 황후님. 당신의 검은 시메리아인이 당신의 명예를
자신의 검은 색깔처럼 얼룩덜룩하고 혐오스럽게 짓밟아 놓았어
요. 왜 당신은 시종을 물리친 채, 눈처럼 하얀 말에서 내려, 단지
야만적인 무어만을 대동한 채 무슨 어두운 계책을 마련하려고 이      55
곳에서 오락가락하고 있는 거죠. 더러운 욕망이 시킨 것이 아니

---

1. 르네상스 시대의 영국에서 오쟁이 진다는 것은 이마에 뿔이 나는 것이라는 상징적
   인 의미를 갖고 있었고, 타모라의 남편인 황제가 뿔난 수사슴으로 보인다는 것은 타
   모라가 혼외정사를 갖고 있다는 것을 노골적으로 시사하는 언급이다.

라면 말이에요.

**라비니어**  게다가 무어와 놀다가 방해를 받았으니 제 남편을 무례하다고
하는 것도 알만 하네요. 자, 우리는 이만 가죠. 황후는 갈가마귀
색의 연인과 즐기도록 놔두고요. 이 골짜기는 그 목적에 어울리
는 곳이네요.

**배시에이너스**  내 형님 황제께서 이것을 아시게 될 겁니다.

**라비니어**  네, 황후의 이런 일은 이미 알려져 있는 걸요. 훌륭한 폐하께서
이렇게 심하게 농락당하시다니!

**타모라**  흥, 내 이 모든 걸 참아내리라.

카이론과 드미트리어스 들어온다.

**드미트리어스**  아니, 전하, 훌륭하신 어머니! 왜 이렇듯 창백하고 파리한
얼굴을 하고 계십니까?

**타모라**  내가 창백해 보이는 데는 다 이유가 있다. 이 두 놈이 이곳으로
나를 유인했다. 너희가 보듯이 이 척박하고 혐오스런 골짜기로.
여름임에도 지치고 야윈 모습의 나무들에는 이끼와 해로운 겨우
살이로 덮여 있다. 한밤에 우는 올빼미와 치명적인 갈가마귀 말
고는 이곳엔 햇빛도 들지 않고, 아무 것도 자라지 않는다. 이들이
내게 이 끔찍한 구덩이를 보여주고는 말하기를 이곳에 한 밤중에
천 명의 악마와 천 마리의 식식소리 내는 뱀과 만 마리의 몸이 부
어오른 두꺼비와 또 그만큼의 성게들이 무섭고 고통스런 절규를
내뿜고 있어서 그 소리를 듣는 사람은 곧 바로 미쳐버리거나 즉
시 죽을 수밖에 없다고 하더라. 이 끔찍한 이야기 끝에 이 자들이

나를 음침한 주목나무에 묶어 놓고 끔찍한 죽음을 맞게 하겠다고 하더라. 그리고는 더러운 간통녀, 음탕한 고스, 귀로 들을 수 있는 온갖 쓸쓸한 말로 나를 불렀다. 운 좋게 너희들이 오지 않았더 라면 저들은 나를 정말로 이곳에 묶어 놓았을 거다. 어미를 사랑 한다면 복수해다오. 안한다면 이제부터 너희들은 내 자식이 아니 다. ⁸⁰

**드미트리어스**  이것이 제가 어머니 자식이라는 증거입니다. (배시에이너스를 칼로 찌른다.)

**카이론**  이건 제 증거입니다. 푹 찔러 내 힘을 보여줘야지. ⁸⁵

**라비니어**  자, 세미라미스, 아니. 야만적인 타모라. 이 이름 말고 네 본성 에 걸맞는 이름은 없다.

**타모라**  단검을 다오, 아들들아. 어미의 손으로 이 부당함을 바로 잡아 놓 을 것이다.

**드미트리어스**  잠깐만요. 어머니. 이 여자에겐 볼 일이 더 있습니다. 먼저 ⁹⁰ 옥수수 알갱이를 골라낸 후 짚단을 태우는 법이죠. 이것은 정절 과 결혼 맹세와 그에 대한 충성을 주장하면서, 어머니께 맞선 것 인데, 이대로 곱게 황천길로 보낼 수야 있습니까?

**카이론**  그렇게 된다면 저는 내시인 셈이죠. 저것의 남편을 비밀스런 구 덩이로 끌고 가서 저 죽은 몸을 우리 욕망의 베개로 삼아야지. ⁹⁵

**타모라**  그러나 원하는 꿀을 얻고 나면 이 말벌이 우리 모두를 쏠 테니 살 아남도록 해서는 안 된다.

**카이론**  보장합니다, 어머니. 분명히 처리하죠. 자, 부인. 이제부터 네가 잘 간직해온 정숙함을 우리가 즐겨주도록 하겠다.

**라비니어**  오 타모라, 여자의 얼굴을 하고서는 어찌.

100

**타모라**  저것의 말을 듣지 않겠다. 데려가라!

**라비니어**  훌륭하신 분들. 한 마디만 들어 달라고 어머니께 청해주세요.

**드미트리어스**  아름다운 어머니. 들어보세요. 저것의 눈물을 보는 것은 어머니의 영광이겠으나 마음은 빗물이 떨어져도 꺼지지 않는 부싯돌처럼 잡수셔야 합니다.

105

**라비니어**  호랑이 새끼가 어미를 가르친 적이 있던가? 오, 어머니의 분노를 배우지 마세요. 당신들의 분노는 어머니가 가르쳐 주신 거예요. 어머니의 젖은 대리석으로 변해 버렸군요. 젖꼭지에서부터 횡포를 배웠군요. 그러나 어머니가 모두 이렇게 아이를 기르는 것은 아닙니다. 여자의 연민을 보여 달라고 어머니께 간청해 주세요.

110

**카이론**  뭐라고, 나를 한심한 놈으로 만들 작정이냐?

**라비니어**  갈가마귀가 종달새를 품지는 않는다는 말은 사실이군요. 그러나 이런 말도 들었습니다. 아, 이 상황에 너무도 적절한 말인데, 동정심이 생긴 사자는 자신의 왕자 같은 발이 잘려 나가는 것도 참을 줄 안다고요. 갈가마귀가 자기 새끼는 둥지에서 굶어 죽어 가고 있어도 버림받은 다른 새끼를 돌본다고 말하는 사람들도 있죠. 오, 당신의 무정한 마음이 안된다고 말한다 해도 많이 친절할 것도 없이 그저 연민으로 제게 대해주세요.

115

**타모라**  무슨 말을 하는지 모르겠구나. 데려가라!

120

**라비니어**  오, 한마디만! 당신을 죽일 수도 있었지만 당신에게 생명을 주셨던 내 아버지를 생각해서라도 완고한 마음을 버리고, 듣지 않는 귀를 열어 주세요.

**타모라** 네가 개인적으로 나를 화나게 하지 않았다 해도 네 아비를 생각
하면 나는 무자비해진다. 아들들아, 기억해라, 너희 형이 희생되   125
는 것을 막기 위해 나는 헛되이 눈물을 쏟았었다. 그러나 사나운
앤드러니커스는 마음을 누그러뜨리지 않았었지. 그러니 저것을
데려가 너희 마음껏 해라. 나쁘게 하면 할수록 내 애정을 더 받게
될 것이다.

**라비니어** 오 타모라, 훌륭한 여왕으로 불리시려면 당신 손으로 이곳에서   130
절 죽이세요. 목숨 때문에 이토록 간청하는 것이 아닙니다. 배시에
이너스가 죽었을 때 난 불쌍하게 살해당한 거나 마찬가지니까요.

**타모라** 그렇다면 무엇을 간청하는 거지, 바보 같은 것! 나는 가겠다.

**라비니어** 내가 청하는 것은 지금 당장 죽는 것이요. 하나 더 청할 것이
있다면, 차마 여자로서 입이 떨어지지 않지만, 오, 아들들의 끔찍   135
한 욕망에서 나를 지켜주고, 남자들이 내 몸을 볼 수 없는 그런
흉측한 구덩이 속으로 나를 밀어 넣어 주시오. 그렇게 해주어, 자
비로운 살인자가 되세요.

**타모라** 그렇다면 내 훌륭한 아들들이 받을 보상을 박탈하라는 것이군.
안되지. 네게 아들들의 욕망을 만족시키도록 해야지.   140

**드미트리어스** 가자! 이곳에 우리와 너무 오래 있었다.

**라비니어** 자비도 없단 말인가요? 여성다운 마음도? 아, 금수 같은 인간.
우리 여성의 이름에 오점이자 적! 화가 당신에게 떨어지기를—

**카이론** 그만, 입을 막아버려야겠군. 형은 저것의 남편을 데리고 와. 여기
가 아론이 그 남편을 숨겨 놓으라고 했던 그 구덩이군.   145

카이론과 드미트리어스가 라비니어와 함께 퇴장한다.

**타모라** 잘 가라, 아들들아. 저것에게 단단히 알려줘라. 앤드러니커스 가문
일족을 다 쓸어버릴 때까지 내 마음에 즐거움이라고는 없다. 이
제 나는 사랑하는 무어를 찾아가고, 내 심술궂은 아들들이 이 매
춘부를 데리고 놀게 놔둬야지.

아론이 타이터스의 두 아들들과 들어온다.

150 **아론** 자, 여러분, 앞서 온 발자국이 있군요. 퓨마가 곤히 잠들어 있는
것을 본 메스꺼운 구덩이로 곧 바로 모셔 가겠습니다.

**퀸터스** 앞이 잘 안 보이는군. 뭔가 불길한 기분이 들고.

**마티어스** 나도 그래. 수치스러운 일만 아니라면 사냥은 그만두고 잠시
잠이나 잤으면.

155 **퀸터스** 뭐라고, 제 정신이야? 미묘한 구덩이다. 막 자란 찔레 덤불로 입
구가 덮여 있고 그 잎사귀에는 꽃송이 위에 아침 이슬처럼 싱그
럽게 막 떨어진 핏방울이 있지 않은가? 아주 치명적인 장소로 보
이는데. 말해봐, 마티어스, 떨어지다가 다치기라도 한 거야?

**마티어스** 오 퀸터스, 끔찍한 상처를 입은 무언가가 있는데, 보기만 해도
160 　탄식이 나올 것 같아.

**아론** 이제 나는 황제를 이곳으로 데려와서 이들을 보게 해야지. 이들
이 자기 동생을 어떻게 해쳤는지를 황제가 추측하게 하도록 말
야. (퇴장한다.)

**마티어스** 나를 위로해주고 이 부정하고 피로 얼룩진 구덩이에서 나를 꺼

내주지 않고 뭐해?

**퀸터스** 괴기한 두려움에 사로 잡혀서 그래. 섬뜩한 땀이 내 떨리는 관절 위로 흐르고 있고, 내 마음은 내 눈이 보는 것 이상의 의심을 하게 되네.

**마티어스** 예측할 줄 아는군, 아론과 함께 이 구덩이 안을 내려다보면 피와 죽음의 끔찍한 광경을 보게 될 거야.

**퀸터스** 아론은 갔고 내 여린 마음으로는 추측만으로도 떨리는 걸 볼 수 없을 것만 같아. 오, 누군지 말해줘. 여태까지 나는 무엇인지도 모르는 것을 두려워하는 어린애는 절대 아니었으니까.

**마티어스** 배시에이너스 경이 피 웅덩이에 누워있고, 끔찍하고 어둡고 피를 들이키는 구덩이에 살해당한 양같이 높이 쌓아 올려 있어.

**퀸터스** 어두운데 어떻게 그인 줄 알았지?

**마티어스** 피가 흐르는 손가락에 이 구덩이를 환히 밝히는 귀한 반지를 끼고 있으니까. 반지는 어떤 유적지의 촛불처럼 죽은 이의 흙빛 뺨을 환하게 비추면서 이 구덩이의 너덜너덜한 내부를 보여주고 있어. 피라머스가 밤에 처녀의 피로 목욕을 한 채 누워있을 때 달빛이 창백하게 비추듯이. 오 퀸터스. 나도 그렇지만 만일 두려움으로 실신했다 해도 힘없는 손으로라도 나를 꺼내줘, 한탄의 강 코키터스만큼이나 끔찍한, 이 삼켜버리는 웅덩이에서.

**퀸터스** 내가 끌어낼 수 있도록 손을 뻗어봐. 그렇지 않으면 너를 끌어 올리려다가 내가 이 깊은 구덩이, 불쌍한 배시에이너스의 무덤인, 이 삼켜버리는 자궁으로 빠져 들어갈 것 같으니. 너를 구덩이 입구로 끌어 올릴 힘이 없어.

**마티어스** 네 도움 없이는 나는 올라갈 힘이 없어.

**퀸터스** 손을 한번만 더 뻗어봐. 네가 올라오거나 내가 내려갈 때까지 다
시는 손을 놓지 않을게. 네가 올라오질 못하니 네가 내려갈 밖에.

(떨어진다.)


황제와 무어인, 아론 등장한다.


**새터나이너스** 이리 와라. 이게 무슨 구덩인가. 바로 이 구덩이로 떨어진
사람이 누구지. 말하라. 조금 아까 대지의 입을 벌리고 있는 구멍
으로 떨어진 이가 누구냐?

**마티어스** 나이 든 앤드러니커스의 불행한 아들들입니다. 가장 불운한 시
각에 이곳으로 와 폐하의 아우, 배시에이너스가 죽은 것을 발견
했습니다.

**새터나이너스** 내 아우가 죽었다고! 그저 농담이겠지. 내 동생과 그의 부
인은 둘 다 이 기쁜 사냥터의 북쪽 편에 있는 막사에 있다. 내가
그곳의 그들을 떠나온 지 한 시간도 지나지 않았다.

**마티어스** 그들이 살아있는 것을 보신 곳이 어디인지 저희는 모릅니다.
그러나 아, 여기 그분이 죽어 있습니다.


타모라, 앤드러니커스, 그리고 루시어스 등장한다.


**타모라** 황제 폐하는 어디 계시오?

**새터나이너스** 여기요, 타모라. 목숨을 앗아갈 듯한 슬픔에 사로잡혀 있
긴 하오만.

**타모라** 동생, 배시에이너스는 어디에 있나요?

**새터나이너스** 지금 당신이 내 상처를 헤집는군. 불쌍한 배시에이너스가 이곳에 죽어 누워 있소.

**타모라** 그렇다면 중요한 내용이 담긴 이 글을 너무 늦게 가져 온 것이군요. 이 영원한 비극의 내용이 들어 있는 글인데. 사람이 웃는 얼굴을 하고 그렇게 끔찍한 행위를 저지를 수 있다니 정말 놀라울 뿐입니다. (그녀가 새터나이너스에게 편지를 전한다.)

**새터나이너스** 만일 우리가 그를 제때에 만나지 못한다면, 훌륭한 사냥꾼, 그는 배시에이너스를 말함인데, 그의 무덤을 파놓게. 무슨 말인지 알겠지. 이 일에 대한 대가는 우리가 배시에이너스를 묻을 바로 그 웅덩이의 입구를 가리고 있는 딱총나무 있는 곳의 쐐기풀을 찾아보면 될 거야. 이대로 하면, 우리는 당신의 영원한 친구가 되는 거지. 오 타모라. 이런 일을 들어 본 적이 있소? 이것이 그 웅덩이고, 이것이 그 딱총나무요. 보시오. 경들, 여기서 배시에이너스를 죽였음에 틀림없는 그 사냥꾼을 찾을 수만 있다면.

**아론** 자비로우신 폐하. 여기 그 금 주머니가 있습니다.

**새터나이너스** 당신의 개새끼 둘이, 빌어먹을 놈의 개들이 여기서 내 동생의 목숨을 빼앗은 것이다. 이봐라. 이들을 구덩이에서 끌어내서 감옥으로 끌고 가라. 거기서 그들에게 고통을 줄 듣도 보도 못한 고문을 고안해 낼 때까지 기다리게 해라.

**타모라** 아니, 저들이 이 구덩이에? 오 놀라운 일이군요! 이렇게 쉽게 살인이 발각 나다니!

**타이터스** 고매하신 폐하. 이 쇠약한 무릎을 꿇고 쉽게 흘리지 않았던 눈물을 흘리면서 은혜를 청합니다. 내 저주받은 아들들의 잘못이 증명될 때까지는 죄인으로 다루지 말아 주십시오.

**새터나이너스** 증명될 때까지는! 명백하다는 것을 모르겠소. 누가 이 편지를 발견했소? 타모라, 그대였소?

**타모라** 앤드러니커스 자신이었습니다.

**타이터스** 폐하, 제가 발견했습니다. 그러나 제가 저들의 보석인이 되도록 해주십시오. 내 조상의 경건한 무덤에 걸고 맹세하건대, 폐하의 뜻에 따라 제 아들들은 목숨으로 의심을 풀 준비를 할 것입니다.

**새터나이너스** 저들을 보석시켜 줄 수 없다. 그대는 나를 따르라. 시체를 가져오고, 다른 사람들은 살인자를 데려와라. 그들이 한마디도 하게 하지 마라. 죄는 명백하다. 내 영혼을 걸고 말하지만, 죽음보다 더 끔찍한 결말이 있다면 그들은 그런 결말을 맞게 될 것이다.

**타모라** 앤드러니커스, 제가 황제께 간청해드리죠. 아들들에 대해선 걱정하지 마세요. 괜찮을 겁니다.

**타이터스** 가자, 루시어스. 가. 여기에 머물러 저들과 상대할 것 없다. (퇴장한다.)

# 4장

황후의 아들들이 손과 혀가 잘리고 강간당한 라비니어와 함께 등장한다.

**드미트리어스** 자 이제 가서 말해 보시지. 누가 혀를 자르고 강간했는지, 말할 혀가 있거들랑.

**카이론** 마음을 써보고 그 의미를 알려 줘 보시지, 몸뚱아리로 쓸 수만 있다면.

**드미트리어스** 손 없는 몸으로 무슨 글을 쓸 수 있는지 궁금하군.          5

**카이론** 집에 가서 깨끗한 물로다 손을 닦지 그래.

**드미트리어스** 사람을 부를 혀도 없고 닦을 손도 없는 걸. 그러니 혼자 걷도록 놔두자.

**카이론** 나라면 목매달아 죽을 거야.

**드미트리어스** 목매달 밧줄을 꼴 손이라도 있어야 말이지. (퇴장한다.)          10

사냥하던 마커스 등장한다.

**마커스** 저토록 빨리 달아나는 이게 누구냐? 내 조카가 아닌가! 조카야, 말을 해봐라. 네 남편은 어디 있는 게냐? 꿈을 꾸는 것이라면 제발 깨어나길! 깨어난다면 어떤 혹성이 나를 쳐, 영원한 잠에 빠지기라도 했으면! 말해 봐라. 부드러운 조카야. 어떤 힘센 몹쓸 손이 네 몸을 잘라내어 두 가지, 그 둥그런 그늘에서 왕들이 잠을          15

청하고, 네 사랑의 반만큼의 행복함도 얻지 못했던 그 달콤한 장
식을 없애 버렸단 말이냐? 왜 내게 말을 못하느냐? 아아, 바람에
흔들리는, 거품 이는 샘처럼 따뜻한 피로 만들어진 심홍색 강이
네 장밋빛 입술 사이로 네 꿀 같은 숨결과 함께 오르내리는구나.
그러나 틀림없이 어떤 테레우스가 너를 강간하고는 잡히지 않으
려고 네 혀를 잘랐구나.[2] 아, 수치심으로 얼굴을 돌리는구나, 피
를 뿜어내는 세 개의 주둥이를 가진 도관에서 피가 넘쳐흘렀음에
도 아직도 네 뺨은 구름을 만나기를 부끄러워하는 타이탄의 얼굴
처럼 붉구나. 내가 대신 말해주랴? 그런 것이지? 오. 네 마음을
읽을 수 있고, 그 금수 같은 놈을 알 수 있고, 이 마음을 풀기 위
해 그 놈에게 욕을 할 수 있다면! 풀어내지 못한 슬픔은 뚜껑이
닫힌 냄비같이 이 마음을 태워 재로 만드는구나. 아름다운 필로
멜. 자, 필로멜은 혀를 잃었지만 지루한 바느질로 자기 마음을 꿰
맸었지. 하지만 사랑스런 조카야. 네겐 꿰맬 손이 없구나. 조카야.
네가 더 능숙한 테레우스를 만난 것이구나. 그래서 그 놈이 필로
멜보다 자수를 더 잘할 수 있는 그 아름답던 손가락도 잘라냈구
나. 오, 그 괴물이 그 백합 같은 손이 류트 위에서 사시나무같이
떠는 것을 보았더라면, 그리고 비단 같은 현이 그 손에 기쁘게 입
맞추는 것을 보았더라면 그 자는 자기 목숨을 잃는다 해도 그 손

20

25

30

---

2. 테레우스는 처제인 필로멜라를 숲에서 강간하고 그 사실을 숨기기 위해 그녀의 혀
를 자르고 자신의 부인에게는 필로멜라가 죽었다고 말한다. 라비니어가 강간당하고
혀와 팔이 잘리는 내용은 필로멜라의 이야기에서 모티브를 빌려 온 것으로 학자들
은 간주한다.

을 건드리지는 않았을 것이다. 혹 저 달콤한 혀가 만들어낸 천상 35
의 조화 소리를 들었더라면 트라키아 시인의 발치에 있는 케르베
르스 개처럼 그 자는 칼을 떨어뜨리고 잠에 빠졌을 텐데. 자, 가
서 네 아버지의 눈을 멀게 해드리자. 이런 광경은 아버지의 눈을
멀게 할 수 밖에 없을 것이다. 한 시간의 폭우만으로 향기로운 초
원은 물에 잠기게 되지. 몇 달을 울게 되면 네 아버지의 눈은 어 40
찌 될까? 주춤거리지 마라. 우리는 너와 함께 애도할 것이니. 오,
우리의 애도로 네 재앙이 가실 수만 있다면! (퇴장한다.)

# 3막

# 1장

판관들과 상원의원들이 몸이 묶인 타이터스의 두 아들과 함께 등장해
처형대가 있는 쪽으로  무대를 지나간다.
타이터스가 제일 앞에 서서 탄원한다.

**타이터스**  내 말을 들어주시오, 진중한 아버지들이여! 고귀한 호민관들이
여, 멈추시오! 여러분들이 안전하게 잠을 청하고 있을 때 청춘을
위험한 전쟁에서 보낸 내 나이에 대한 연민으로, 로마가 벌인 큰
전쟁에서 뿌린 내 피를 생각해서, 내가 눈뜨며 보냈던 서리 찬 밤

5   들을 고려해서, 그리고 지금 당신들이 보고 있는 내 뺨에 나이 들
어 생긴 주름살에 흘러내리는 쓰디 쓴 눈물을 보고 사형선고를
받은 내 아들들에게 연민을 가져 주시오. 그들의 영혼은 여러분
이 생각하듯이 썩지 않았소. 22명의 자식에 대해 나는 눈물을 흘
리지 않았소, 그들은 명예의 고귀한 침상에 잠들어 있기 때문이

10  오. (앤드러니커스 엎드리고 판관들이 그를 지나쳐간다.) 호민관들이여. 내
아들을 위해 내 가슴의 깊은 번민과 내 영혼의 슬픈 눈물을 먼지
속에 흘리오. 내 눈물이 마른 대지를 적십니다. 내 아들의 달콤한
피가 대지를 수치스럽고 얼굴 붉히게 할 것이오. 오 대지여. 나는
청춘의 소낙비보다도 이 노구의 눈에서 흘러내리는 비보다 더 그

15  대와 친구를 삼겠소. 여름날의 가뭄에도 대지에 눈물을 떨굴 것
이고 겨울에는 따뜻한 눈물로 눈을 녹일 것이며, 그대의 얼굴을

영원한 봄날로 만들겠소. 그러니 내 귀한 아들들의 피를 들이키지는 말아주오.

루시어스, 칼을 뽑은 채 들어온다.

오 존경하는 호민관이여! 오 훌륭히 나이 드신 분들이여! 내 아들들을 풀어주고, 죽음의 재앙을 거둬주시오. 그리고 전에 울어 본 20
적이 없는 내 눈물이 이제 그대들을 설득하는 웅변이 되게 해주시오.

**루시어스** 오 고귀하신 아버지. 헛되이 한탄하고 계십니다. 호민관들은
듣지 않고 근처에는 아무도 없습니다. 슬픔을 돌에다 전하고 계
십니다.
25

**타이터스** 아, 루시어스, 너의 동생들을 위해 내 탄원하게 해다오. 고귀한
호민관들, 한 번 더 간청합니다.

**루시어스** 훌륭하신 아버님. 호민관들은 아무도 아버님 말씀을 듣지 않습
니다.

**타이터스** 그러나 그것은 중요하지 않다. 얘야. 그들이 내 말을 듣는다면 30
나를 주목하지 않으려 할 것이고 나를 주목한다면 연민하지 않으
려 할 것이지만 그래도 나는 간청해야 한다. 소용이 없는 일이어
도. 그러니 나는 슬픔을 돌에게 풀고 있구나. 돌이 내 슬픔에 대
응할 수 없다 해도 어떤 점에서 돌은 호민관보다도 낫다. 돌은 내
말을 가로막지는 않으니 말이다. 내가 눈물을 흘릴 때 돌은 겸손 35
하게 내 발치에서 내 눈물을 받아주고 나와 같이 울어주는 듯 보
이는구나. 돌이 단지 잡초로 치장하고 있지만 로마의 호민관들은

이보다 훌륭하지 못하다. 돌은 밀랍처럼 부드럽지만 호민관은 돌보다도 더 단단하다. 돌은 침묵하고 성내지 않지만 호민관은 혀로 사람을 죽음으로 몰아가는구나. 그런데 너는 왜 칼을 뽑은 채 서있는 거냐?

**루시어스** 내 두 동생을 죽음에서 구하려고 그랬죠. 그러나 그럴 시도만으로도 판관들은 내게 영원한 추방의 재앙을 선포하는군요.

**타이터스** 오 행복한 줄 알아라. 그들이 네게 친절을 베풀었구나. 자, 바보 같은 루시어스야. 로마는 단지 호랑이가 우글거리는 황야라는 것을 모르겠느냐? 호랑이는 먹이를 필요로 하고 로마가 줄 수 있는 먹이란 나와 내 것 뿐이다. 이 포식자들로부터 추방당하다니 이 행복이 아니고 무엇이냐. 그런데 여기 내 동생 마커스와 함께 오는 것이 누구지?

마커스, 라비니어와 함께 등장한다.

**마커스** 타이터스, 울 준비를 하십시오. 그렇지 않으면 고귀한 가슴이 터질 겁니다. 나이 드신 형님을 지치게 할 슬픔을 가져왔습니다.

**타이터스** 나를 지치게 한다고? 그럼 보자.

**마커스** 얘는 형님의 딸이었습니다.

**타이터스** 그래, 마커스, 그렇구나.

**루시어스** 아니, 이것을 보니 죽을 것만 같구나!

**타이터스** 심약한 아이 같으니, 일어나서 저 아이를 보자꾸나. 말해봐라, 라비니어. 어떤 저주받은 손이 너를 내 앞에 손도 없이 만들어 놨단 말이냐? 어떤 바보가 바닷물에 물을 더 넣었으며 불타고 있는 트로이에 장작을 더한단 말이냐? 내 슬픔은 네가 오기 전에 이미 최고조에 달했다. 그런데 이제 슬픔은 나일강처럼 제한이 없구나. 60 칼을 다오, 내 손도 잘라 내겠다. 이 손은 로마를 위해 싸웠으나 모두 헛되니 말이다. 또 이 손은 삶을 지탱하게 해 이 슬픔을 키운 손이다. 쓸모없는 기도로 손을 들어 올렸고, 효과 없는 일에 쓰였다. 이제 내 손이 할 수 있는 일이 있다면 한 손이 다른 한 손을 잘라내는 일뿐이다. 라비니어야, 너는 손이 없으니 다행이 65 다. 손으로 로마에 봉사하는 것은 다 쓸데없으니 말이다.

**루시어스** 말해라, 훌륭한 누이, 누가 너를 훼손했느냐?

**마커스** 오 즐거운 웅변으로 생각을 말하던 생각의 그 즐거운 동력이 그 아름다운 우묵한 새장에서 잘라져 버렸다. 달콤한 운율을 짓는 새처럼 달콤하고 다양한 소리를 내며 모든 귀를 매료시켰던 그 70 새장에서.

**루시어스** 오, 그녀 대신 말해주세요. 누가 이런 일을 한건가요?

**마커스** 오, 저런 모습으로 공원을 헤매면서 깊은 상처를 입은 사슴이 그 렇듯이 몸을 숨기려고 하는 것을 발견했다.

**타이터스** 그랬구나. 저 아이에게 상처를 입힌 자는 나를 죽인 것보다도 75 더 심한 상처를 입혔다. 이제 나는 바다의 황야에 둘러쌓인 바위 위에 서 있으니, 악의적인 만조가 그 짠 창자 속으로 삼켜 버릴 때를 기대하면서 조수가 파도에 따라 커가는 것을 누가 지켜볼 것인가. 내 불운한 아들들이 이 죽음의 길로 갔고, 여기에 내 다른 아들, 추방된 아들이 서있고, 이곳에는 내 비탄에 울고 있는 80 내 동생이 있다. 그러나 내 영혼에 가장 큰 고통을 안겨주는 것은

내 영혼보다 더 귀한 사랑스러운 라비니어다. 단지 이런 곤경에
처한 네 그림을 봤다 해도 난 미쳐버렸을 것이다. 네 살아있는 몸
이 저 지경이 된 것을 보고 있으니 어찌 해야 할까? 너는 눈물을
85 닦아 낼 손도 없고, 너를 누가 훼손했는지를 말할 혀도 없다. 네
남편은 죽었으며 그 죽음에 네 오빠들이 비난을 받고 있고 그로
인해 죽음을 맞게 될 것이다. 봐라, 마커스! 내 아들 루시어스, 그
녀를 봐! 내가 자기 오빠들의 이름을 말하자 거의 말라버린 꺾
어진 백합꽃 위에 꿀물이 흐르듯, 새로운 눈물이 뺨에 흐르는구나.

90 **마커스** 아마도 오빠들이 자기 남편을 죽였기 때문에 우는 가 봅니다. 아
니면 오빠들이 죄가 없다는 것을 알고 있기 때문에 우는 지도 모
르겠네요.

**타이터스** 쟤 오빠들이 남편을 죽였다면 기뻐할 일이다. 법이 오빠들에게
복수를 해주었으니. 아니다. 아니야. 그 아이들이 그렇게 더러운
95 일을 했을 리가 없다. 그 누이가 보이는 슬픔을 봐라. 훌륭한 라
비니어야. 네 입술에 키스하게 해다오. 아니면 내가 어떻게 하면
너를 편안하게 해줄 수 있는지 알려다오. 네 훌륭한 삼촌과, 그리
고 네 오빠 루시어스와, 그리고 너와 내가 어떤 샘가에 앉아 우리
100 의 뺨을 보려고 샘물을 내려다보면서 아직 마르지 않은 목초지처
럼 홍수로 밀려온 더러운 진흙으로 어떻게 그 뺨이 얼룩졌는지를
알아볼까? 그리고 맑게 비추어 신선한 맛이 날 때까지 그 샘을
오래 바라보고 우리의 쓰디쓴 눈물로 소금구덩이를 만들어볼까?
아니면 우리도 너처럼 손을 잘라낼까? 아니면 혀를 깨물어 말도
105 못하면서 끔찍한 남은 날들을 보낼까? 어찌해야 한단 말이냐? 우

리 혀로 더 큰 재앙을 짜내어 앞으로 우리 스스로 놀라게 해보자.

**루시어스** 좋으신 아버지. 눈물을 멈추세요. 아버지의 슬픔에 내 불행한 누이가 흐느끼고 울고 있습니다.

**마커스** 인내해라, 사랑스러운 조카야. 훌륭한 타이터스, 눈물을 거두십시오. 110

**타이터스** 아, 마커스, 마커스! 형제여. 네 손수건으로는 내 눈물을 닦을 수 없다는 것을 잘 알고 있다. 이미 네 눈물로 손수건을 다 적셨으니, 불쌍한 이 같으니.

**루시어스** 아, 내 라비니어, 네 뺨을 닦아주마.

**타이터스** 봐라, 마커스. 봐! 저 애의 몸짓을 이해할 수 있을 것 같다. 혀 115 가 있다면 지금 내가 네게 말한 것을 자기 오빠에게 말하려는 듯하다. 오빠의 손수건이 눈물로 적셔져 있어 그녀의 슬픔어린 뺨을 닦아줄 수는 없다고. 오, 연옥이 은총을 받지 못하듯이 도움을 받을 수가 없구나. 오, 이 웬 슬픈 장면인가.

무어인 아론이 혼자 들어온다.

**아론** 타이터스 앤드러니커스, 황제께서 이런 말씀을 내리셨소. 당신이 120 아들들을 사랑한다면 마커스건, 루시어스건, 나이든 타이터스 당신 자신이건, 아니면 누구건 간에 손을 잘라 왕에게 보내면, 그 손에 대한 대가로 당신 아들 둘의 목숨을 살려 주겠다는 말씀이오. 그리고 그 손은 아들들의 잘못에 대한 배상금이 될 거요.

**타이터스** 오 자비로운 황제시오! 오 훌륭한 아론! 갈가마귀가 태양이 솟 125 아오를 때 달콤한 소식을 전하는 종달새처럼 지저귄 적이 있던가? 온 마음으로 황제께 내 손을 바치겠소. 훌륭한 아론, 손을 자르는 것을 도와주시오.

**루시어스**　잠깐만요. 아버지. 그토록 많은 적들을 넘어뜨린 아버지의 고귀한 손을 보내서는 안 됩니다. 제 손이 용도에 맞을 겁니다. 저는 젊으니 아버지보다 피를 덜 흘릴 거예요. 그러니 동생들의 목숨을 위해 제 손을 보내겠어요.

**마커스**　두 사람 손 중 어느 손이 로마를 수호하지 않았던 손이 있으며, 적의 성채를 파괴하려고 피 묻은 전쟁에서 도끼를 높이 들어 올리지 않았던 손이 있던가? 오, 두 사람의 손은 모두 높은 공적을 쌓은 손이지만 내 손은 아무 것도 하지 않았소. 내 손으로 내 조카들의 목숨을 살리게 해주시오. 그러면 가치 있는 일에 손을 쓰게 되는 것입니다.

**아론**　아니, 사면이 떨어지기 전에 그들이 죽을까 염려되니, 어서 누구의 손을 보낼 것인지를 합의하시오,

**마커스**　내 손으로 할 것이오.

**루시어스**　천만에 그럴 수 없습니다.

**타이터스**　얘들아, 싸우지 마라. 이처럼 마른 약초가 뽑아내기에 적격이니, 내 손으로 하자.

**루시어스**　좋으신 아버지, 저를 아버지의 아들로 생각하신다면 제가 동생들을 죽음에서 구해줄 수 있게 해주십시오.

**마커스**　아버지와 어머니를 생각해서 지금 제가 형님께 형제의 우의를 보이게 해주십시오.

**타이터스**　너희들끼리 상의해라. 내 손은 안 보내겠다.

**루시어스**  그럼 가서 도끼를 가져오겠습니다.

**마커스**  내가 도끼를 써야지. (퇴장한다.)

**타이터스**  자 이쪽으로 아론. 저 둘을 다 속이겠고, 손을 빌려주오. 내 손
을 드리리다.

**아론**  (방백으로) 이런 게 속이는 거라면 나는 정직한 거겠네. 그렇게 속
이는 것은 속이는 것도 아니지. 하지만 나는 다른 방법으로 당신 155
을 속이게 될 걸. 그리고 당신은 반시간도 지나기 전에 속았다는
걸 알게 되겠지. (아론이 타이터스의 손을 자른다.)

### 루시어스와 마커스가 다시 등장한다.

**타이터스**  이제 그만 다투거라. 이 손을 보낼 것이오. 훌륭한 아론, 폐하
께 이 손을 전하시오. 이 손이 수천 번의 위험으로부터 황제를 보
호했던 손이라고 말해 주시오. 그것을 땅에 묻어 달라고 하시오. 160
그럴 자격이 있는 손이오. 내 아들들에 관해서 말하자면 내게 아
들들은 싼 값에 구입한 보석 같은 것이오. 내 손으로 샀으니 더욱
귀하오.

**아론**  저는 가겠습니다. 앤드러니커스. 당신의 손에 대한 대가로 곧 아
들들이 돌아올 겁니다. (방백으로) 아들의 목이 돌아오겠지. 오, 이 165
악행은 생각만 해도 즐겁구나. 바보들은 착한 일이나 하고 훌륭
한 사람들은 은총이나 바라라고 하지. 아론은 얼굴처럼 영혼을
검게 만들어야겠다. (퇴장한다.)

**타이터스**  오 여기서 이 한손을 하늘에 올리고 이 연약한 몸을 대지에 굽
힙니다. 하늘이 비참한 눈물을 동정한다면 자, 너도 나와 함께 무 170

릎 꿇자. 그래라. 아름다운 마음아. 하늘이 우리 기도를 들으실
것이다. 아니면 우리의 한숨으로 어두운 하늘을 채우게 되고, 때
로 구름이 녹아내리는 가슴 속에 태양을 끌어안듯이, 태양을 안
개로 가릴 것이다.

175 **마커스** 오, 형님. 있을 법한 일을 말씀하시고, 이렇게 극단적인 감정에
휩싸이지 마십시오.

**타이터스** 내 슬픔이 깊어 끝을 모르는 것이 아닌가? 그렇다면 내 감정도
슬픔과 함께 끝을 모르길.

**마커스** 하지만 이성으로 한탄을 조절하십시오.

180 **타이터스** 이 재앙을 조절할 이성이 있다면, 그렇다면 이 비탄을 묶어 둘
수 있을 것을. 하늘이 울면 대지가 흘러넘치지 않는가? 바람이 격
노하면 부풀어 오른 얼굴로 창공을 위협하면서 바다가 미쳐버리
지 않는가? 그런데 너는 이 야단을 이성으로 조절할 수 있다는
말이냐? 나는 바다다. 바다의 한숨이 어떻게 불어치고 있는지를
185 들어봐라. 바다는 울고 있는 창공이고 나는 대지. 그러면 내 바
다는 한숨으로 요동치고 내 대지는 끊임없이 흘러내리는 눈물이
홍수가 되어 흘러넘치고 모든 것을 물에 빠뜨리지 않겠느냐. 내
내장은 내 딸의 비애를 숨길 수 없으니 말이다. 그러나 술주정뱅
이처럼 나는 그것들을 토해내야 한다. 그리고 패배자들은 쓰디쓴
190 혀로 자신의 내장을 달래주어야 하니, 나도 그럴 수밖에.


사자가 목 두 개와 손을 가지고 등장한다.


**사자** 앤드러니커스 장군. 황제께 보낸 손에 대한 대가를 받지 못하게

되셨습니다. 여기 고귀한 두 아드님의 머리가 있고 이것은 조롱받으며 돌아온 장군의 손입니다. 장군의 비탄은 저들의 놀이가 되었고 장군의 결단은 조롱당했습니다. 장군의 비애를 생각하면 내 아버지의 죽음을 애도하는 이상으로 비탄의 감정이 듭니다. 195

**마커스** 이제 시실리의 뜨거운 에트나 화산은 식어버리고 내 가슴은 영원히 불타는 지옥이 되게 하라! 이 재앙은 견딜 수 있는 것이 아니다. 우는 자와 함께 우는 것은 슬픔을 나눠주지만 조롱당한 슬픔은 두 배의 죽음인 것이다.

**루시어스** 아. 이 광경은 너무 깊은 상처를 남기는구나. 그런데도 이 혐오 200 스런 목숨은 여전히 숨을 쉬고 있다니. 겨우 숨만 쉬고 있을 뿐인데도 이것도 삶이라고 할 수 있을까! (라비니어가 타이터스에게 키스한다.)

**마커스** 아아, 불쌍한 것. 얼은 물이 배고픈 뱀에게 소용이 안 되듯, 그 키스는 위안이 안 된다.

**타이터스** 이 끔찍한 꿈이 언제 끝을 맞게 될까? 205

**마커스** 이제 좋은 말은 더 이상 필요 없습니다. 그냥 죽으세요. 앤드러니커스. 꿈을 꾸고 있는 것이 아닙니다. 두 아들의 머리, 형님의 적들을 물리쳤던 손, 여기 난도질당한 딸을 보세요. 이 끔찍한 광경에 창백해지고 핏기를 잃은 추방당한 또 한 아들, 그리고 형님의 동생인 저는 돌상처럼 차갑고 무감각한 채 있습니다. 아, 이제 저 210 는 비탄을 누그러뜨리려 하지 않겠습니다. 형님은 은발을 쥐어뜯고 이로 남은 손을 물어뜯으십시오. 그리고 이 끔찍한 광경이 우리의 가장 불쌍한 눈이 마지막으로 보는 것이 되도록 하세요. 이제 폭풍처럼 몰아쳐야 할 때입니다. 왜 조용하신 겁니까?

215 **타이터스** 하, 하, 하!

**마커스** 왜 웃고 계시죠? 이 시점에 웃음은 어울리지 않습니다.

**타이터스** 내겐 흘릴 눈물이 남아 있지 않다. 뿐만 아니라 이 슬픔은 내 눈물 흐르는 눈을 침범해 질질 흘리는 눈물로 눈을 멀게 하는 적이다. 어디에서 복수신의 동굴을 찾을 수 있을까? 이 두 머리는 220 내게 말을 걸고 이 모든 악의가 이 일들을 저지른 그 자들의 목구 멍에 밀어 넣어질 때까지 축복이라는 것은 모른다고 나를 위협하는구나. 자, 내가 무슨 일을 할 수 있을지 보자. 심각한 이들아, 나를 둘러싸서 너희들 하나하나를 바라볼 수 있도록 하고, 너희가 당한 부당한 일을 복수하겠다고 내 영혼에 맹세해라. 맹세를 225 했으니, 동생아, 와서 머리 하나를 들어라, 내 손으로는 다른 머리를 들겠다. 그리고 라비니어야, 이빨로 내 손을 들어라. 그리고 루시어스, 너는 내 앞에 있으면 안 된다. 너는 추방당했으니, 여기 머물러선 안 된다. 서둘러 고스족에게로 가서 그곳에서 군사를 일으켜라. 그리고 나를 사랑한다면, 그럴 것으로 생각하고 있 230 다만, 키스하고 헤어지자, 우리는 할 일이 많으니.

**루시어스** 안녕히 계십시오, 앤드러니커스. 고귀하신 아버지. 로마에 살았던 사람 중에 가장 비탄에 찬 분. 오만한 로마여, 루시어스가 돌아올 때까지 잘 있거라. 나는 내 목숨보다 맹세가 더 중요하다. 잘 있거라, 라비니어. 고귀한 누이. 오, 네가 이전의 너의 모습을 235 하고 있기만 하다면! 그러나 이제 루시어스도 라비니어도 사람들에게 잊힌 채, 끔찍한 비탄과 더불어 살아갈 것이다. 루시어스가

살아있는 한 네가 받은 악행을 보복해 줄 것이고 오만한 새터나
이너스와 황후가 타퀸과 그 황후처럼 성문에서 빌게 할 것이다.
이제 나는 고스족에게로 가 군사를 일으켜 로마와 새터나이너스
에게 보복할 것이다. (루시어스 퇴장한다.)

235

# 2장

## 저택의 한 방

앤드러니커스, 마커스 라비니어 그리고 어린 루시어스 등장한다.

**타이터스**  그래, 그래. 이제 앉아라. 우리의 이 쓰디 쓴 비탄을 복수하기
위해 힘을 기르기 위한 만큼만 먹어두자. 마커스. 저 슬픔으로 감
은 매듭을 풀어라. 네 조카와 나, 이 불쌍한 존재들은 손이 없으
니 우리의 수많은 슬픔을 팔짱을 낀 채 표현할 수가 없다. 이 불
쌍한 내 오른손은 남아 있어 내 가슴을 칠 수 있구나. 내 가슴은
슬픔으로 미쳐 내 육신의 빈 감옥을 두드려대니, 나는 가슴을 두
들겨 달래주고 있다. 몸짓으로 이야기하는 너, 비탄의 지도는 네
불쌍한 가슴이 마구 뛰고 있는데도 손으로 가슴을 쳐 박동을 누
그러뜨리지도 못하는구나. 라비니어야. 한숨으로 누그러뜨리고
신음으로 잠재워라. 아니면 아래윗니 사이에 작은 칼을 물고 가
슴을 쳐서 작은 구멍을 만들어라. 네 불쌍한 눈이 떨어뜨리는 모
든 눈물이 그 구멍으로 흘러 들어가 한탄하는 바보인 너를 짠 바
닷물 같은 눈물에 빠져들게 하여라.

**마커스**  형님. 무슨 말씀입니까. 연약한 라비니어의 생명에 그런 난폭한
행위를 하도록 알려줘서는 안 됩니다.

**타이터스**  뭐라고! 슬픔이 너를 노망들게 했단 말이냐? 마커스, 미치는

것은 나 혼자로도 충분하다. 라비니어가 자신의 목숨에 어떤 난
폭한 손을 쓸 수 있단 말이냐? 아, 왜 손을 언급해서 트로이 성이
불타고 이니어스가 비참하게 된 이야기를 이니어스가 두 번이나
하게 하는 거지? 오, 손 이야기를 하다니, 그 이야기는 하지 마라. ₂₀
우리에게 손이 없다는 것을 기억하게 하려는 것이 아니라면. 마
커스가 손이라는 단어를 꺼내지 않았다면 우리가 손이 없다는 것
을 잊기라도 한 양 나는 말을 미친 듯이 하고 있구나. 자. 식사를
시작하자. 라비니어야. 이걸 먹어라. 마실 것이 없나? 마커스, 쟤
가 하는 말을 들어봐라. 저 순교자다운 몸짓을 나는 다 알 것 같 ₂₅
다. 슬픔으로 끓여내어 자기 뺨을 얽어매고 있는 슬픔만을 마시
겠다고 하는구나. 말없는 불만에서 네 생각을 읽어낼 수 있다. 성
스러운 기도를 하는 거지 은둔자처럼 완벽히 네 몸짓을 읽어낼
수 있다. 너는 한숨도 안 짓고, 몸뚱아리를 하늘에 추켜올리지도
않고, 눈을 깜빡이지도 고갯짓을 하지도, 무릎을 꿇지도, 몸짓을 ₃₀
지어내지도 않지만 나는 어떻게 해서든 거기서 알파벳을 구성하
고 계속 연습해서 네 의미를 알려고 할게다.

**어린 루시어스** 할아버지. 이 쓰디쓰고 깊은 한탄을 그만하세요. 고모를
　　　　재미나는 이야기로 즐겁게 해주세요.

**마커스** 아아, 자상하구나. 감정이 동해 할아버지의 슬픔을 보고 울고 있 ₃₅
　　　　구나.

**타이터스** 울지 마라, 부드러운 꼬마야. 너는 눈물로 만들어졌다, 울면 목
　　　　숨도 빠르게 녹아 없어진다. (마커스, 칼로 접시를 내려친다.) 마커스,
　　　　칼로 무엇을 치는 게냐?

**마커스**  형님, 파리를 죽였습니다.

**타이터스**  아니, 살인자 같으니! 내 가슴을 죽이는구나. 내 눈은 폭정의 광경으로 넌더리가 났다. 죄 없는 것을 죽이는 행위는 타이터스의 형제답지 않은 일이다. 나가라. 너는 우리가 함께 할 수 없다.

**마커스**  아니, 형님. 단지 파리 한 마리를 죽였을 뿐입니다.

**타이터스**  '단지' 파리 한 마리라고? 그 파리에게도 아비와 어미가 있다면 어찌 할 테냐? 가는 금빛 날개를 들고 공중에서 한탄하면서 윙윙거리고 있으면 어찌 하겠느냐? 불쌍하고 죄 없는 파리, 아름다운 윙윙거리는 음조로 우리를 기쁘게 해주려고 왔는데, 네가 죽여 버렸다.

**마커스**  용서하십시오. 형님. 검고 못생긴 파리가 황후의 무어인 같기에 죽였습니다.

**타이터스**  오, 오, 오! 그렇다면 너를 질책한 나를 용서해다오. 너는 자비로운 행위를 한 것이니. 칼을 다오, 그 놈을 박살낼 테다. 고의로 나를 독살하려고 하는 마음을 가진 무어라고 생각하고. 이건 너에 대한 보복이고, 이건 타모라에 대한 보복이다. 아, 이봐라. 그러나 우리는 아직 그렇게 영락하지 않았다. 석탄같이 까만, 무어인의 형상을 하고 온 파리를 죽일 수 있으니.

**마커스**  아, 불쌍한 분! 슬픔이 너무 커서, 진짜와 가짜를 구분하지 못하시는구나.

**타이터스**  자 이걸 치워라. 라비니어. 나와 함께 가자. 네 방으로 가서 슬픈 옛이야기를 읽자. 자, 어린 루시어스야. 나와 함께 가자. 너는 눈이 밝으니 내 눈이 잘 안보이면 네가 읽어 줄 수 있을 것이다.

4막

# 1장

루시어스의 아들이 등장하고 라비니어가 그를 쫓아 뛰어 들어온다.
소년은 책을 팔에 끼고 그녀로부터 도망간다.
타이터스와 마커스가 등장한다.

**어린 루시어스**  도와주세요. 할아버지. 라비니어 고모가 제가 가는 곳마
다 따라와요. 왜 그러는지 모르겠어요. 마커스 작은 할아버지. 빨
리 따라오는 것 좀 보세요. 아, 좋은 고모. 왜 그러시는지 모르겠
어요.

5  **마커스**  내 옆에 서 있거라, 루시어스. 고모를 두려워하지 마라.

**타이터스**  얘야, 고모는 너를 너무 좋아해서 네게 해를 끼칠 리가 없단다.

**어린 루시어스**  예, 제 아버지가 로마에 계실 때는 저를 좋아하셨죠.

**마커스**  조카 라비니어야 이 몸짓은 무슨 뜻이냐?

**타이터스**  루시어스야, 겁내지 마라. 뭔가 의미하는 게 있을 게다.

10  **마커스**  봐라, 루시어스. 너를 얼마나 귀여워하는지. 너와 함께 어딘가로
가고 싶은 모양이다. 아, 얘야. 자비로운 어머니 코넬리아도 자기
아들에게 고모보다 좋은 시와 키케로의 『웅변가』를 더 잘 읽어
주진 못했다. 왜 저렇게 너를 귀찮게 하는지 모르겠니?

**어린 루시어스**  할아버지, 잘 모르겠고, 짐작도 할 수 없어요. 단지 어떤
15  발작이나 광기 때문이 아니라면. 슬픔이 과도하면 사람이 미치게
된다고 할아버지가 얘기하는 걸 많이 들어왔거든요. 또 트로이의

헤큐바도 슬픔으로 미치게 되었다고 읽은 적이 있어요. 그래서 두려워요. 할아버지, 고귀한 고모가 내 어머니가 그랬듯이 정말 저를 사랑하시고 격노한 상태라고 해도 나를 겁주지는 않을 거라는 걸 알지만, 하지만 저는 책을 던져 버리고 도망가고 싶은 마음 20 이 들어요. 아마도 근거 없는 두려움이겠지만 어쨌거나 고모, 용서해주세요. 그리고 마커스 작은 할아버지와 함께라면 저도 정말 기꺼이 고모와 함께 있겠어요.

**마커스** 루시어스야, 그러자.

**타이터스** 어째서 그러지, 라비니어! 마커스, 이게 무슨 뜻이냐? 라비니어 25 가 보고 싶어 하는 책이 있구나. 얘야. 이 책이냐? 루시어스, 책을 펼쳐 봐라. 넌 어려운 책도 읽었고 이해도 능숙하게 했었지. 자, 내 서재에서 책을 골라 읽고 너의 슬픔을 감춰라. 하늘이 너를 이렇게 만든 나쁜 놈들을 알려줄 때까지. 왜 자꾸 저렇게 팔을 하늘로 올리는 거지?
30

**마커스** 나쁜 놈이 한 명 이상이라는 걸 말하는 것으로 보입니다. 그렇지, 한 명이 아니야. 그렇지 않다면 복수해달라고 하늘에 한숨을 내쉬려고 그러는 모양입니다.

**타이터스** 루시어스, 고모가 어떤 책을 들추고 있니?

**어린 루시어스** 할아버지, 오비드가 쓴 『변신』이예요. 어머니가 주셨던 35 책이에요.

**마커스** 아마 저 세상에 간 네 어미가 그리워서 그 책을 골랐나보다.

**타이터스** 잠깐. 책장을 저렇게 바삐 들추다니! 도와줘라. 뭘 찾는 것이지? 라비니어, 읽어볼까? 필로멜라의 비극적인 이야기와 테레우

40      스의 폭행과 배반의 이야기, 아니, 강간이 네 고통의 뿌리였구나.

**마커스** 보세요. 형님. 보세요! 책장을 뚫어지듯 보고 있는 것을.

**타이터스** 라비니어. 그렇게 강간당했던 것이냐, 필로멜라가 그랬듯이 강
간당하고 모욕당하고, 잔인하고 드넓고 어두운 숲에서 강제로?
봐라, 봐! 그래. 우리가 사냥했던 곳이 그런 곳이었다. 이 책에서
45      시인이 묘사하고 있는 그런 모양의, 자연이 살인과 강간을 위해
만들어 놓은 그런 곳이.

**마커스** 오, 자연은 그렇게 더러운 소굴을 왜 만들어 놓은 것일까? 신들이
비극을 즐기기 위함이 아니라면.

**타이터스** 라비니어, 몸짓으로 말해다오. 라비니어, 여기는 친구뿐이다.
50      로마의 어떤 놈이 그렇게 했느냐. 루크리스의 침대에서 죄를 지
으려고 사람들을 피해갔던 타퀸이 옛날에 그랬듯이, 새터나이너
스가 이목을 피해 그랬던 것이 아니냐?

**마커스** 앉아라. 조카야. 형님. 제 곁에 앉으십시오. 아폴로 신, 팔라스 신,
조브 신, 머큐리 신이시여. 제게 영감을 주시어 이 폭행을 범한
55      자를 찾아내게 해주소서! 형님. 여길 보세요. 라비니어, 여길 보
거라. 이 모래 바닥은 평평하다. 할 수 있다면 나를 따라 해봐라.
(그는 발과 입으로 지팡이를 움직여 자신의 이름을 쓴다.) 손이 없이도 내 이
름을 썼다. 이런 일을 하게 한 놈은 저주를 받기를! 조카야. 너도
써 봐라. 그리고 누구에게 보복을 해야 하는지를 여기에 보여다
60      오. 하늘이 너의 펜대를 도와 네 슬픔이 명백히 쓰이도록 할 것이
고, 우리는 배신자가 누구이며 진실이 무엇인지를 알 수 있을 것이
다. (라비니어가 입에 지팡이를 넣고 몸으로 지팡이를 움직여 글을 쓴다.) 오,

읽어 보세요. 형님. 얘가 쓴 것을.

**타이터스**  폭행, 카이론. 드미트리어스.

**마커스**  뭐, 뭐라고! 타모라의 음란한 아들들이 이 가증스럽고 피비린내 65
나는 일을 한 놈들이란 말이냐?

**타이터스**  거대한 하늘의 통치자시여. 당신은 죄악을 보고 듣는데 너무
느리시군요.

**마커스**  오, 진정하십시오. 형님. 이 대지에 쓰인 글이 반란을 일으키기에
충분하고 어린아이의 마음도 무장시켜 절규하게 하기에 충분하 70
다는 걸 알고 있습니다. 형님. 저와 함께 무릎을 꿇으십시오. 라
비니어, 너도. 로마인, 헥터의 희망인 아이야. 너도 무릎을 꿇고,
비애에 찬 동료들, 저 정숙하지만 능욕 당했던 필로멜라의 아버
지, 주니어스 부르터스가 루크리스의 능욕에 대해 맹세했던 것과
같이, 좋은 조언을 받아 이 반역의 고스족들에게 치명적인 복수 75
를 하고 그들의 피를 보고 이 치욕과 함께 죽을 것을 나와 함께
맹세합시다.

**타이터스**  그럼 그래야지. 방법이 문제야. 그러나 이 곰새끼들을 사냥할
때 조심해야한다. 어미가 깨어 일단 냄새를 맡을지 모르니. 어미
는 아직 사자와 아주 사이가 좋아 누워서 사자를 어르고 있어, 사 80
자가 잠들면 어미가 자기 좋은 대로 할 것이다. 마커스, 너는 능
숙하지 못한 사냥꾼이니 나서지 말거라. 자, 내가 가서 황동 한
장을 마련해, 철필로 이 글귀를 써서 보존해 둘 것이다. 화난 북
풍이 불어 시빌의 예언이 적혀있는 잎들이 흩어지듯이 이 모래를
흩날리고 말 것이니, 그러면 라비니어가 쓴 내용이 사라지지 않 85

겠느냐. 루시어스, 할 말이 있느냐?

**어린 루시어스** 할아버지. 내가 어른이라면 로마에 끌려온 이 천박한 노예놈들이 자기 어미의 침대로 숨었다 해도 가만 놔두지 않았을 거예요.

90 **마커스** 그렇지, 그래야 내 손자지! 네 아버지는 이 배은망덕한 나라를 위해 그런 일을 수도 없이 했었단다.

**어린 루시어스** 그리고 작은 할아버지. 내가 살아 있는 한 그냥 있진 않을 거예요.

**타이터스** 자, 함께 무기를 쌓아 놓은 곳으로 가자. 루시어스, 너를 무장
95 시켜주마. 얘야. 무장을 하고 황후의 아들들에게로 가 내가 보내는 것을 전해라. 자, 자. 그렇게 할 거지, 그렇지?

**어린 루시어스** 네, 그놈들 가슴팍에 단검을 찔러 넣을 거예요, 할아버지.

**타이터스** 안 된다. 얘야. 그렇게 하면 안돼. 다른 방법을 가르쳐주마. 라비니어, 오너라. 마커스, 넌 집을 봐라. 루시어스와 내가 용감히
100 궁정으로 갈 것이다. 그러면 그놈들이 우리에게 잘 해줄 것이다.

**마커스** 오 하늘이시여. 훌륭한 분이 탄식하는 것을 듣고 불쌍하고 안 되었다고 생각지 않으십니까? 마커스. 너는 광란에 빠진 형님을 돌보아야 한다. 낡은 방패에 남겨진 적들의 흔적보다도 가슴속에 더 많은 슬픔의 상처를 안고 계신 분이지만 너무 공정해서 아직
105 복수하려 하지 않으시는 분. 늙은 앤드러니커스를 위해 하늘이 복수해 주시길!

# 2장

아론, 카이론, 드미트리어스가 한 쪽 문으로 등장하고
다른 쪽 문으로 어린 루시어스와 또 한 사람이
무기 꾸러미와 무기 위에 쓰인 글귀를 안고 들어온다.

**카이론** 드미트리어스, 루시어스의 아들이군. 우리에게 전달할 말이 있다
는데.

**아론** 그렇지. 미친 할아버지에게서 온 분노에 찬 전언일 것이다.

**어린 루시어스** 여러분. 겸손하게 앤드러니커스로부터의 인사를 전합니
다. (방백으로) 그리고 로마의 신들이 너희 둘 다 망하게 하기를.　5

**드미트리어스** 고맙군. 귀여운 루시어스. 무슨 소식이지?

**어린 루시어스** (방백으로) 너희 둘 다 모두 들켰다는 것이 소식이다. 강간
의 악행이. (큰 소리로) 송구하게도, 제 할아버지께서 심사숙고 하시
다가 로마의 희망인 여러분을 기분 좋게 해주기 위해 병기고에
있는 가장 훌륭한 무기를 저를 통해 보내셨습니다. 그래서 전달　10
해 드립니다. 필요하실 때 제 할아버지의 선물로 무장하시기 바
랍니다. 그러면 저는 이만. (방백으로) 잔인한 악당 같으니. (어린 루
시어스와 수행원이 퇴장한다.)

**드미트리어스** 이게 뭐지? 뭔가 쓰여 있는 두루마기군. 읽어 보자.

> *삶에서 고결하고 죄로부터 자유로운 이는*　　　15
> *무어의 창과 화살이 필요 없다.*

**카이론** 오, 이건 호레이스의 시구다. 내가 잘 알지. 오래 전에 문법책에서 읽은 적이 있어.

**아론** 그렇지. 맞아. 호레이스의 시 구절이다. 맞아, 맞췄어. (방백으로) 그런데, 바보 같으니. 이건 그냥 농담이 아냐! 그 노인네가 저들의 죄상을 알아차리고, 시구를 덮어서 무기를 보냈구나. 그 상처는 헤아릴 길 없이 깊은 상처를 남겼겠군. 우리 똑똑한 황후가 일어나면 앤드러니커스의 기지에 박수를 보낼 텐데. 그러나 이 불편함을 덮어두어 황후는 잠시 쉬도록 놔두자. 자, 왕자님들. 우리 이방인을, 아니 이방인보다도 못한 포로를 이렇게까지 높이 올려주니 행운의 별이 우리를 로마로 데려온 것이 아니었을까요? 성문 앞에서 그 자의 형이 듣고 있는데서 호민관에게 호통을 쳤을 때는 정말 기분이 좋았었죠.

**드미트리어스** 그렇게 위대한 앤드러니커스가 천박하게 아첨하면서 우리에게 선물을 보내다니 기분이 더 좋군.

**아론** 드미트리어스 왕자님. 그만한 이유가 있지 않겠습니까? 그 딸에게 아주 잘 해주셨지 않습니까?

**드미트리어스** 우리 욕정을 채우기 위해서라면 로마 귀부인 천명이라도 번갈아가면서 그렇게 해줄 걸세.

**카이론** 자비롭고 사랑에 가득 찬 바램이군.

**아론** 어머니가 계셨으면 좋아하실 겁니다.

**카이론** 2만 명이라도 맘대로 하라고 하실 테지.

**드미트리어스** 자, 산고 중인 어머니를 위해 가서 신에게 기도하자.

**아론** 악마에게 기도하시죠. 신들은 우릴 이미 포기했으니. (트럼펫 소리

울린다.)

40

**드미트리어스**  황제의 트럼펫이 왜 저렇게 울리는 거지?

**카이론**  아마 황제가 아들을 얻게 되어 기쁜 일이라는 건가 보지.

**드미트리어스**  잠깐, 저게 누군가?


유모가 검은 아이를 안고 등장한다.


**유모**  안녕하십니까 왕자님. 무어인 아론을 보셨으면 알려 주십시오.

**아론**  자, 무슨 일이 있거나 아니면 아무 일도 아니겠지. 여기 아론이  45

있소. 근데 아론을 왜 찾소?

**유모**  오 아론. 우리는 모두 망했어요! 자 도와주세요. 그렇지 않으면

당신에게 재앙이 떨어질 거예요.

**아론**  아니, 왜 큰소리로 야단이지. 팔에 안아 감싸고 있는 것이 무엇이

요?  50

**유모**  오, 하늘이 못 보도록 숨기고 싶은 것이에요. 황후마마의 수치이

고 당당한 로마의 치욕입니다. 여러분, 황후께서 낳으셨어요, 낳

으셨다구요.

**아론**  뭐를.

**유모**  아이를요.  55

**아론**  어이구. 잘 되었군! 무엇을 낳으셨는데?

**유모**  악마를 낳았어요.

**아론**  뭐라고. 그럼 황후는 악마의 어미이겠군. 기분 좋은 자식이겠군.

**유모**  기분 좋지 않고 끔찍하고, 검은데다가 슬프게 만드는 자식을 낳

으셨죠. 이것이 우리 땅의 흰 얼굴의 부인들이 보기에는 두꺼비  60

처럼 흉측한 아이예요. 황후께서 이 아이를 보내시면서, 당신의 도장을 찍고 당신 칼끝으로 세례를 주라고 말씀하셨어요.

**아론**  저런. 이 매춘부 같으니! 검은 색이 그렇게 천박한 색인가? 통통한 것. 아름다운 꽃인 것을, 그렇고말고.

65  **드미트리어스**  악당 같으니, 어머니에게 어떤 짓을 한 거냐?

**아론**  왕자님들이 원상태로 되돌릴 수 없는 일을 했지.

**카이론**  우리 어머니를 파멸시켰구나.

**아론**  악당들. 어머니를 즐겁게 해드린 것뿐이다.

**드미트리어스**  그렇군. 개 같은 놈아. 네가 우리 어머니를 파멸시켰다. 이
70  가증스런 개 같은 놈아, 어머니는 운도 없으시지, 하필이면 저런 놈을 선택하시다니. 저렇게 더러운 악마의 자손은 저주받아라!

**카이론**  저 아이를 살려둘 수 없다.

**아론**  죽이지 못할 것이다.

**유모**  아론, 죽여야 합니다. 그 어머니께서 그러기를 원하시니.

75  **아론**  뭐라고. 죽여야 한다고, 유모? 그렇다면 그 누구도 아닌 내가 내 혈육을 처리할 것이다.

**드미트리어스**  내 칼로 저 올챙이에 구멍을 뚫어 놓겠다. 유모, 아이를 내게 다오. 내 칼로 처리할 것이다.

**아론**  네 칼보다 내 칼이 더 빨리 네 장기를 요절낼 것이다. 잠깐. 이 살
80  인마같은 악당들아! 네 형제를 죽일 셈이냐? 이 아이가 잉태됐을 때 그렇게 밝게 비추던 타오르던 하늘빛에 두고 맹세하지만 내 첫아들이자 내 상속자를 건드리기라도 하는 놈은 내 언월도의 날카로운 칼끝에 죽어나갈 것이다. 풋내기들, 잘 들어라. 엔셀러더

스가 거인 타이펀의 무서운 군대를 이끌고 온다 해도, 위대한 헤 라클레스가, 군신이 온다 해도 아비의 손에서 이 아이를 빼앗아 85 가지는 못할 것이다. 이 자신감만 넘치고 인정머리는 없는 애송 이야! 너희 흰 벽 같은 놈들아. 너 술집에 그려진 간판 같은 것들 아. 석탄처럼 검은 빛은 다른 색깔보다 더 훌륭한 법이다. 다른 색깔로 변하지 않으니 말이다. 백조가 한 시간마다 바닷물로 씻 는다 해도 바닷물로도 백조의 검은 다리를 하얗게 바꿀 수는 없 90 는 법. 황후께 전해라. 나는 어른이니 내 아이는 내가 지키겠다 고. 아이에 대한 핑계는 황후가 마련하면 될 일이고.

**드미트리어스** 고귀한 황후를 그렇게 배반하려는 게냐?

**아론** 황후는 내 여자고, 이것은 나 자신이다. 내 청춘의 활기와 초상이 지. 온 세상보다도 난 이 아이를 선택한다. 세상과 싸워서라도 아 95 이를 안전하게 지킬 것이고, 이에 반대하면 너희들은 로마에서 고통을 겪게 될 것이다.

**드미트리어스** 이것으로 인해 어머니는 영원히 수치를 겪으실 거다.

**카이론** 이 더러운 행위로 인해 로마가 어머니를 경멸하게 될 것이다.

**유모** 황제가 격노해 황후마마를 죽게 할 것입니다. 100

**카이론** 이 불명예를 생각만 해도 얼굴이 달아오른다.

**아론** 그렇지. 그대들의 아름다움이 가진 특권이 있지. 쳇. 얼굴이 달아 올라 마음의 비밀스런 목적과 내용을 다 들키고 마는 반역의 얼 굴색 같으니. 여기 다른 피부색을 타고난 어린아이가 있다. 저 검 은 노예가 아버지를 보고 웃는 것이 마치 '아버지, 저는 당신 거 105 예요.'라고 말하는 것만 같구나. 이 아이는 너희들에게 처음 생명을 주었던 그 똑같은 피를 받고 태어난 너희들 형제다. 또한 너희들이 잉태되어 있던 바로 그 자궁에서 저 아이도 해방되어 빛을 본 것이다. 아니, 내 인장이 저 아이 얼굴에 찍혀 있기는 하지만 틀림없이 너희 형제다.

110

**유모** 아론, 황후마마께 뭐라고 말씀드려야 할까요?

**드미트리어스** 아론, 어찌해야 할지 알려 주오. 우리는 당신 충고에 모두 따르겠소. 아이를 죽이지 않고, 그래서 우리도 안전해질 수 있다면.

115 **아론** 그러면 앉아서 모두 의논해 봅시다. 내 아들과 나는 당신들을 지켜보겠소. 너무 가까이 오지 마시오. 이제 편안히 당신들 안전에 대해 얘기합시다.

**드미트리어스** 몇 명이나 이 아이를 보았나?

**아론** 그렇지, 용감한 왕자님들. 우리가 힘을 합치면 나는 양이 되오.
120 하지만 이 무어에게 대들면 난 성질난 수퇘지, 산속의 암사자가 될 것이오. 대양도 분노한 아론만큼 불어나지는 않을 거요. 하지만 다시 말해봅시다. 이 아이를 본 사람이 몇이요?

**유모** 산파 코넬리아와 나, 그리고 아이를 낳으신 황후마마뿐입니다.

**아론** 황후, 산파, 그리고 당신이라. 세 사람 중 한 사람만 없으면 비밀
125 을 지킬 수 있으렸다. 황후에게 가서 내가 한 말을 전하시오. (유모를 죽인다.) 찍, 찍! 꼬챙이에 꽂힌 돼지가 그렇게 울지.

**드미트리어스** 아론, 이 무슨? 왜 이런 일을 한 거요?

**아론** 왕자님. 이는 전략적 행위입니다. 저것이 살아서 우리의 이 죄를 수다스럽게 지껄일 겁니다. 안되죠. 왕자님. 안됩니다. 이제 내 모

든 의도를 알려드리겠소. 멀지 않은 곳에 내 동족, 뮬리가 살고 130
있는데, 그의 부인이 어젯밤에 아이를 낳았소. 아이는 부인을 닮
아 왕자님들처럼 하얀 피부요. 그와 공모해서 그 어미에게 금을
건네주고 이 모든 정황을 얘기한 후 그들의 아이가 높이 올라가
서 황제의 상속자가 될 것이라는 것을 말해주고, 내 아이와 바꿔
치기를 하는 거요. 그러면 궁정에 불고 있는 태풍은 가라앉을 거 135
요. 황제는 자기 아인 줄 알고 귀여워하겠지. 왕자님들, 들어 보
시오. 보시다시피 유모를 죽인 건 나지만 장례식은 왕자님들이
치러줘야겠소. 들판이 가까이 있고, 왕자님들은 용감한 분들이니
유모를 처리한 후 시간을 지체하지 말고 산파를 내게 보내 주시
오. 산파와 유모가 처리되면 부인네들은 자기들 원하는 대로 말 140
하라고 해두지요.

**카이론** 아론, 당신은 비밀이 담긴 공기도 못 믿을 사람이군요.

**드미트리어스** 어머니의 안전에 관해서는 모두 당신에게 전적으로 달려
있소.

**아론** 이제 제비가 날아가듯이 재빠르게 고스족에게로 가서 내 손에 안 145
긴 이 보물을 건네주고, 비밀스럽게 황후의 친구들을 만나야지.
자, 두꺼운 입술을 가진 노예야, 너를 그곳으로 데려가마. 너 때
문에 우리가 이런 처지에 놓였구나. 네게 딸기와 구근을 먹이고
응유와 유장을 먹이고 염소젖을 빨게 할 것이고, 동굴에서 묵게
해서 너를 전사로 키워 군대를 호령하게 할 것이다. 150

# 3장

타이터스, 마커스, 어린 루시어스, 그 밖의 신사들이 활을 들고 등장한다.
타이터스는 화살 끝에 편지가 달린 화살을 들고 있다.

**타이터스**  자, 마커스. 자. 여러분. 이쪽입니다. 아이야. 네 궁술 솜씨를
　　　　　보여다오. 힘껏 당겨서 활이 팽팽해지게 해라. 정의의 여신은 이
　　　　　땅을 떠났다. 마커스, 기억해둬라. 정의의 여신은 떠났어. 도망갔
　　　　　다. 여러분. 활을 집어 드시오. 여러분은 바다로 가서 그물을 던
5　　　　져, 운 좋게 여신을 낚아 보시오. 바다에도 육지만큼이나 정의는
　　　　　없지. 아니지. 퍼블리어스와 셈프로니어스, 그대들이 해야 하오.
　　　　　그대는 괭이와 삽으로 땅을 파내려가 대지의 끝에까지 파내려가
　　　　　면 플루토가 사는 곳에 도달할거요. 그에게 이 청원서를 전해 주
　　　　　고, 정의와 도움을 요청하는 편지로서, 배은망덕한 로마에서 슬
10　　　　픔으로 젖은 늙은 앤드러니커스가 보낸 것이라고 플루토에게 말
　　　　　해주시오. 아, 로마여! 그렇지, 그래. 민중의 참정권을 내게 이렇
　　　　　듯 잔악하게 하는 놈에게 던져 주었으니 내가 로마를 이 지경으
　　　　　로 만든 것이다. 가라, 가. 모두 조심해라. 한 사람도 남기지 말고
　　　　　찾아봐라. 이 사악한 황제가 정의의 여신을 배에 태워 보냈는지
15　　　　도 모른다. 여러분, 그렇다면 정의의 여신을 못 찾을 지도 모른
　　　　　다.

**마커스**  오 퍼블리어스. 고귀한 타이터스가 이토록 제 정신이 아니니 이

는 심각한 문제가 아니겠소?

**퍼블리어스**  그러니 여러분, 낮이고 밤이고 그를 세밀히 지키는 것이 우
리의 큰일입니다. 시간이 신중한 방책을 마련해 줄 때까지 할 수  20
있는 한 기분을 맞춰 드리고 있어야죠.

**마커스**  여러분, 저 슬픔은 고칠 수 있는 게 아닙니다. 그러나 고스족과
힘을 합쳐 복수에 찬 전쟁을 벌여 이 배은망덕에 대해 로마에 보
복하고 배반자, 새터나이너스에게 복수하시오.

**타이터스**  퍼블리어스, 어찌 되었느냐, 어찌 되었어. 여러분. 아니, 여신  25
을 만났는가?

**퍼블리어스**  못 만났습니다만, 플루토가 전하기를 지옥에서 복수의 신을
데려가려면 데려갈 수 있다고 했습니다. 정의의 여신에 관해서는
그녀가 하늘에서 아니면 다른 곳에서 조브 신과 볼 일이 있어서
부득이 기다리셔야 한다고 합니다.
                                                             30
**타이터스**  나를 기다리게 하다니 나쁜 분이시군. 나는 저 아래 불타는 연
못에 뛰어들어 지옥에서 그녀의 발꿈치를 잡고 끌고 나올 것이
다. 마커스, 우리는 삼나무가 아니라 단지, 관목에 불과하지. 거인
싸이클롭스만큼 튼튼한 뼈를 갖지 못했지. 마커스, 단지 우리는
쇠붙이고 등까지 철로 되어 있지만 우리 등이 질 수 있는 이상의  35
부당함을 겪고 있다. 땅이고 하늘이고 정의는 없으니 하늘에 간
청해서 우리의 부당함을 갚아 줄 정의의 여신을 내려 보내 달라
고 신들께 호소해야겠다. 자, 일에 착수하자. 마커스, 너는 궁술을
잘하는 사람이다. (타이터스가 화살을 마커스에게 준다.) 조브 신에게는
네가 보내고, 이 화살은 아폴로 신에게, 마르스 신에겐 내가 보내  40

겠다. 얘야, 너는 팔라스 신에게 보내라, 이 화살은 머큐리 신에게. 새턴에게, 카이어스에게 보내자. 새터나이너스에게 보내는 것은 아니다. 그것은 바람에 거슬러 화살을 쏘는 것과 같은 것. 아이야, 마커스, 내가 말할 때 쏴라. 글귀는 내가 잘 써놓았다. 모든

45 신에게 남김없이 청원을 보냈다.

**마커스** 여러분. 궁정을 향해 모두 화살을 쏘시오. 오만한 황제에게 고통을 줍시다.

**타이터스** 자, 여러분, 당기시오. 오 루시어스, 잘 했다. 잘 했어, 버고(처녀자리)의 무릎에 화살이 닿았겠다. 팔라스 신에게 화살을 쏘아

50 라.

**마커스** 형님. 달보다도 1마일이나 더 멀리 쏘았으니, 형님의 편지는 이제 쥬피터에게 닿았을 겁니다.

**타이터스** 하, 하! 퍼블리어스, 퍼블리어스, 어떻게 한 거냐? 봐라, 봐. 토러스의 뿔 하나를 맞춰 떨어뜨렸구나.

55 **마커스** 형님. 이 일은 놀이입니다. 퍼블리어스가 화살을 쏘자, 화살에 맞은 소(황소자리)가 애리스(숫양자리)를 쳐서 궁정에 있는 양의 뿔두 개를 부러뜨렸네요. 그 뿔을 발견한 놈이 황후의 악당이 아니고 누구겠습니까? 황후가 웃으면서 뿔 두개 다 황제에게 선물로 바치라고 무어에게 말했답니다.

60 **타이터스** 그렇구나. 황제에게 기쁨이 있으셔야지!

광대가 바구니와 그 안에 들어있는 비둘기 두 마리를 들고 등장한다.

소식이다. 하늘에서 온 소식이야! 마커스, 하늘의 사자가 왔다.

이봐, 무슨 소식이냐? 편지를 가져 왔느냐? 정의가 베풀어지게
될까? 쥬피터가 뭐라고 하시더냐?

**광대**  오, 교수형 집행인이요? 다음 주가 되어야 교수형이 행해지니 교
수대를 헐어 없애야겠다고 했습니다.                                    65

**타이터스**  쥬피터가 뭐라 하시더란 말이냐고 물었다.

**광대**  아아, 어르신. 저는 쥬비터는 모릅니다.[3] 쥬비터와 평생 한 번도
술을 마셔 본 적이 없는 걸요.

**타이터스**  이런 악당 같으니. 너는 쥬피터의 사자가 아니냐?

**광대**  예, 제 비둘기를 가져오긴 했습니다만, 다른 것은.                70

**타이터스**  그럼, 너는 하늘에서 온 것이 아니냐?

**광대**  하늘에서요? 아아, 어르신. 전혀 아닙니다. 아직 젊어 죽을 나이
도 아닌데 감히 용감을 떨어 하늘로 들어가겠다는 생각은 하느님
이 허락지 않으실 걸요. 저는 제 삼촌과 황제의 하인 중의 한 놈
사이에 생긴 싸움을 해결하려고 비둘기를 호민관께 가져다 드리    75
려는 것뿐입니다.

**마커스**  형님. 형님의 의도대로 일이 해결되겠습니다. 저자를 시켜 황제
에게 타이터스가 보낸 비둘기라고 하며 전해주도록 시키면 되겠
습니다.

**타이터스**  말해 봐라. 황제에게 주눅 들지 않고 내 말을 전달할 수 있겠    80
느냐?

**광대**  진정 못합니다, 어르신. 황제 앞에서 어떻게 주눅이 들지 않을 수
가?

---

3. 광대가 쥬피터를 모르는 무식한 인물이어서 쥬피터를 쥬비터로 발음하고 있다.

**타이터스**  이봐라. 이리 와라. 더 야단할 것도 없이 네 비둘기들을 황제에
게 주기만 하면 된다. 내가 보내서 왔다고 하면 황제가 네 일을
공정하게 처리해 줄 거다. 자. 자. 여기 수고비다. 펜과 잉크를 가
져오너라. 이봐, 주눅 들지 않고 청원서를 전달할 수 있겠지?

**광대**  예, 어르신.

**타이터스**  이것이 네가 가져갈 청원서다. 황제에게 가면 먼저 무릎을 꿇
어야 한다. 그리고는 그의 발에 키스하고 비둘기를 바쳐라. 그리
고 나면 보상이 있을 거다. 나는 근처에 있을 것이다. 네가 잘 하
는지 보고 있으마.

**광대**  잘 하겠으니, 어르신, 지켜보고 있으실 필요는 없습니다.

**타이터스**  이봐, 칼을 가지고 있느냐? 자, 보자. 여기 마커스, 칼을 청원서
안에 싸 넣어라. 겸손한 청원서인양 만들었으니 위협을 줘야지.
황제에게 바친 후 내 집으로 와서 황제가 뭐라 했는지 전하도록
해라.

**광대**  안녕히 계십시오. 나으리, 그렇게 하겠습니다. (퇴장한다.)

**타이터스**  자, 마커스, 가자, 퍼블리어스, 따르라. (퇴장한다.)

# 4장


황제, 황후 그리고 그녀의 두 아들이 등장한다.
황제는 타이터스가 그에게 쏜 화살을 손에 들고 들어온다.

**새터나이너스** 아니, 여러분, 이 웬 무례요. 로마의 황제가 이토록 정면으로 압도당하고, 고통 받고, 도전 받고, 이토록 경멸 받은 적이 있었습니까? 여러분. 강력한 신들께서 아시다시피, 우리의 평화를 교란하는 자들이 민중의 귀에 말도 되지 않는 소리를 집어넣고 있지만, 늙은 앤드러니커스의 고집 센 아들들에게 법에 어긋난 5 처사를 한 일이 없습니다. 그가 슬픔 때문에 제정신이 아니라면 무엇 때문인가요? 그의 발작, 광기, 씁쓸함으로 인해 우리가 이토록 고통을 받아야 하는 겁니까? 이제 그는 보상을 요구하며 하늘에다 편지를 올리고 있습니다. 보세요. 이것은 죠브 신에게, 이것은 머큐리 신에게, 이것은 아폴로 신에게, 이것은 전쟁의 신에게 10 보내는 것입니다. 이런 두루마기가 로마의 거리를 날아다니고 있습니다. 이것이 상원에 대한 중상이고 온갖 곳에서 우리가 정의롭지 않다고 퍼뜨리는 것이 아니고 무엇입니까? 그럴싸한 태도지요, 그렇지 않습니까, 여러분. 로마에는 정의가 없다고 말하는 것 같군요? 허나 내가 살아 있는 한 그의 가장된 광기는 내 분노를 15 맞아 머물 곳이 없게 될 겁니다. 그와 그의 사람들은 새터나이너스가 건재한 한 정의가 살아있다는 것을 알게 될 겁니다. 정의의 여신이 잠자고 있다면 황제가 여신을 깨워 분노로 가득 찬 그 오만하기 짝이 없는 음모자를 잘라 낼 것입니다.

20 **타모라** 인자하신 폐하, 내 삶의 주인이며 내 생각의 통치자인 사랑하는 새터나이너스. 진정하시고 타이터스의 연배에 가질 수 있는 잘못을 참아내십시오. 용감한 아들들을 잃은 슬픔이 깊이 찔러 그의 마음에 상처를 낸 것입니다. 이런 모욕에 대해 가장 천박한 사람이건 가장 훌륭한 사람이건 처벌하기보다는 그 고통을 위로해 주십시오. (방백으로) 아, 지략이 풍부한 타모라가 모두 힘을 합쳐 수습할 것이다. 그러나 타이터스, 내 네게 뼈저린 상처를 안기겠다. 아론이 이제 지략을 발휘하면 너의 피를 다 뽑아내, 모든 것이 안전하게 될 것이니, 항구에 닻을 내린 셈이 아닌가.

광대 등장한다.

아니, 이봐. 우리에게 할 말이라도?

30 **광대** 예, 그렇습니다. 황후마마시군요.

**타모라** 내가 황후다. 황제폐하는 저 쪽에 앉아 계시고.

**광대** 그렇군요. 하느님과 성 스테판께서 두 분께 은총을 내리시길. 여기 편지와 비둘기 두 마리를 가져왔습니다. (황제가 편지를 읽는다.)

**새터나이너스** 자, 저 자를 끌어내어 곧 목매달아라.

35 **광대** 저는 얼마나 받게 될까요?

**타모라** 자, 이봐, 너는 목매달아 죽게 된다.

**광대** 목이요, 이런! 그렇다면 이러려고 내가 목을 가져왔단 말인가.

**새터나이너스** 참을 수 없고 악의에 찬 행위다! 이런 끔찍한 악행을 참아

야 하는 것인가? 이 같은 음모가 어디에서 비롯되었는지 내 알고

있다. 내 형제를 죽인 죄로 법의 심판을 받은 그의 반역하는 아들 40

들을 내가 부당하게 죽였다고 생각하는 것이겠지. 자, 이 악당의

머리칼을 끌어 데리고 나가라. 이 오만한 조롱에 대해 연배로도

명예로도 특혜를 받지 못할 것이다. 내가 그들을 도륙할 것이다.

교활한 미친놈이 자기가 로마와 나를 통치할 심산으로 나를 황제

가 되도록 도운 것이구나. 45

이밀리어스 등장한다.

무슨 소식이냐, 이밀리어스.

**이밀리어스** 모두 무장하십시오. 로마는 지금 큰 위기에 빠져 있습니다.

고스족이 힘을 모아 상당히 결의에 찬 태도로 약탈하며, 늙은 앤

드러니커스의 아들, 루시어스의 인솔 하에 전속력으로 이곳으로

진군해 오고 있습니다. 그는 코리오레이너스가 했듯이 그렇게 복 50

수할 것이라고 위협하고 있습니다.

**새터나이너스** 호전적인 루시어스가 고스족의 장군이란 말인가? 이 소식

은 내 사기를 꺾어, 서리 맞은 꽃처럼 아니면 폭풍에 시달린 풀잎

처럼 고개를 떨구게 하는구나. 그래, 이제 슬픔이 다가온다. 그는

평민들이 그토록 아끼는 사람이다. 그들이 그렇게 말하는 것을 종 55

종 내 귀로 들었다. 내가 평민 복장으로 미행을 나갔을 때 루시어

스의 추방이 부당하며, 루시어스가 황제가 되기를 바란다는 말을.

**타모라** 왜 두려워하십니까? 폐하의 도시는 건재하지 않나요?

**새터나이너스** 그렇긴 하지만 시민들은 루시어스를 좋아하니, 나를 반역

하고 그를 지지할 것이요.

**타모라** 폐하, 이름에 걸맞게, 황제 같은 생각을 가지십시오! 각다귀가 날
아다닌다고 태양이 흐려지던가요? 독수리는 작은 새들이 지저귀
는 소리를 참아 주고, 자신의 날개 그늘로 그들의 노랫소리를 마
음만 먹으면 멈출 수 있다는 것을 알고 그 의미에 신경 쓰지 않습
니다. 폐하도 로마의 오락가락하는 이들에게 그렇게 할 수 있습
니다. 그러니 기운을 내십시오. 폐하, 제가 낚시 미끼나 양이 먹
는 토끼풀보다도 더 달콤하지만 위험한 말로 늙은 앤드러니커스
를 홀려 놓겠습니다. 미끼에는 상처를 입을 것이고, 맛있는 토끼
풀을 먹으면 복통이 일어날 겁니다.

**새터나이너스** 하지만 그가 우리를 위해 아들에게 부탁하지는 않을 것이
야.

**타모라** 타모라가 간청하면 그렇게 할 것입니다. 제가 그 늙은 귀를 듣기
좋은 약속들로 채워 누그러뜨려 놓으면, 그의 마음이 난공불락이
고 늙은 귀는 들을 줄 모른다 해도, 귀와 마음은 제 혀에 순종하
게 될 겁니다. 그대는 우리에 앞서 대사로서 가서 황제가 호전적
인 루시어스와 협상을 원한다고 전하고, 그의 아버지, 늙은 앤드
러니커스의 집에서 회의를 잡아 주시오.

**새터나이너스** 이밀리어스, 이 전언을 잘 전하고, 만일 루시어스가 자신의
안전을 위해 인질을 원한다면 원하는 대로 요구하라고 말하라.

**이밀리어스** 말씀하신 대로 잘 처리하겠습니다.

**타모라** 이제 나는 늙은 앤드러니커스에게로 가서 내가 가진 모든 기술을
동원해 그를 누그러뜨려서, 오만한 루시어스를 호전적인 고스에

게서 떼어 내야겠다. 이제, 폐하, 심기를 편히 가지시고, 제 계책
으로 두려움은 묻으십시오.

**새터나이너스**  그럼 곧 가서 그에게 간청해 보시오.  <sup>85</sup>

5막

# 1장

루시어스가 고스족 군대를 대동하고<br>북소리와 함께 병사들과 등장한다.

**루시어스** 열심히 싸워 온 용사들과 내 진실한 친구들. 위대한 로마로부
터 편지를 받았는바, 사람들이 황제를 얼마나 싫어하고 있으며
우리가 오기를 얼마나 바라고 있는 지에 관한 것이었소. 그러니
여러분, 여러분의 칭호에 어울리게 부당하게 대우받았던 것에 대
5 해 참지 말고 도도하게 드러내시오. 로마가 그대들에게 어떤 상
처라도 입혔다면 세배로 갚아 주시오.

**고스 1** 위대한 앤드러니커스의 용감한 자손인 분. 아버님의 이름은 한때
우리의 공포의 대상이었으나 이제는 우리의 위안이며, 아버님의
높은 공적과 명예로운 업적에 대해 배은망덕한 로마는 더러운 경
10 멸로 갚았습니다. 우리를 보고 용기를 내십시오. 우리는 뜨거운
여름날에 대장을 따라 화단으로 달려가는 벌떼처럼 장군이 이끄
는 대로 따를 것이고, 저주받을 타모라에게 복수할 것입니다.

**고스족** 저 사람의 말처럼 우리 모두 장군과 함께 할 것입니다.

**루시어스** 겸허히 모두에게 감사드립니다. 그런데 건장한 고스인이 이리
15 로 데려오는 저자가 누구인가?

한 고스족이 팔에 아이를 안고 있는 아론을 데리고 들어온다.

**고스 2**  명성 높은 루시어스, 황폐한 수도원을 보려고 부대에서 떨어져
나와, 남루한 건물을 진지하게 바라보고 있었는데, 갑자기 벽 아
래에서 아이가 우는 소리를 들었습니다. 소리 나는 쪽으로 가자
곧 우는 아기를 이런 말로 달래는 소리를 듣게 되었습니다. '조용
히 해라, 검은 것아. 반은 나를 닮고 반은 제 어미를 닮았구나! 어     20
미의 얼굴색만 닮았더라면 너의 낯빛으로 네가 누구의 자식인지
들키지 않았을 것을. 이놈아. 너는 황제가 될 수도 있었단 말이
다. 하지만 수소와 암소가 둘 다 우유처럼 하얀 피부를 가졌을 때
는 석탄처럼 검은 송아지는 낳을 수 없는 법이지. 울지 마라, 이
놈아, 울지 마!' 그렇게 이 자가 아이를 어르고 있었습니다. '너를     25
믿을만한 고스족에게 데려가, 네가 황후의 자식인 것을 알게 되
면, 어미를 생각해서 너를 귀하게 여길 거다.' 이 말에 저는 칼을
빼들고 저자를 덮쳤고, 적절한 조치를 하시라고 불시에 공격해서
이곳으로 데려 왔습니다.

**루시어스**  오 훌륭한 고스, 이 자는 앤드러니커스의 훌륭한 손을 빼앗은     30
악의 화신이요. 이 자는 황후의 눈을 즐겁게 해준 황후의 진주였
소. 이 아이는 황후의 타오르는 욕정의 천박한 열매인 거요. 말해
봐라. 이 눈이 왕방울만한 놈아. 네 마귀 같은 얼굴을 똑 닮은 이
아이를 어디로 데려가려던 것이냐? 왜 말이 없느냐? 뭐냐, 귀가
먼 것이냐? 한 마디도 않다니. 여러분. 끈을 가져다가 이놈을 나     35
무에 매 달고, 불륜의 열매는 그 옆에 매다시오.

**아론**  아이에게 손대지 마라. 왕가의 혈통이다.

**루시어스**  아비를 똑 닮아서 착한 놈이 될 수가 없겠다. 먼저 아이부터

매달고, 아이가 버둥거리는 것을 아비가 지켜보게 하라. 아비의
영혼을 괴롭힐 광경일 것이다. 사다리를 가져 오라. (아론이 타고 올
라 갈 사다리가 들어온다.)

**아론**  루시어스. 아이는 살려 다오. 그리고 황후에게 데려다 줘. 그렇게
해준다면, 네가 들어 상당히 유익할 놀라운 것들을 말해 주지. 그
렇게 해주지 않겠다면 될 대로 되라고 해. 내가 할 수 있는 말은
'보복으로 너희 모두 썩어 버릴 것이다'라는 말 뿐이야.

**루시어스**  말해 봐라. 네 말이 맘에 들면 네 아이는 살려서 키울 것이다.

**아론**  맘에 든다면! 하, 내 보증하지, 루시어스, 내 말을 들으면 네 영혼
이 고통스러울 것임을. 나는 살인, 강간, 학살, 검은 밤의 행위들,
끔찍한 행위들, 듣기에 울적하지만 애처롭게도 행해진 악의와 반
역과 악행을 공모한 일들에 대해 말할 것이니. 그러나 내 아이가
살아남게 될 것이라고 맹세하지 않으면 이 모든 것은 내 죽음과
함께 묻히게 될 것이다.

**루시어스**  털어 놔라. 아이는 살려 주겠다.

**아론**  그렇게 하겠다고 맹세해라. 그러면 얘기하겠다.

**루시어스**  어디에 걸고 맹세를 하란 말이냐? 너는 신을 믿지 않는데, 그
렇다면 어떻게 네가 맹세를 신뢰할 수 있다는 것이냐?

**아론**  내가 신을 믿지 않는 것이 어떻단 말이냐. 정말 나는 믿지 않는
다. 허나 네가 종교적이고, 네 속에는 양심이라는 것이 있어 수많
은 종교적인 속임수와 예식을 준수하는 것을 내 본 바가 있다. 그
러니 나는 네 맹세에 촉구하는 것이다. 바보가 아무 것도 아닌 것
을 신으로 알고 그 신에 걸고 맹세한 것을 지킨다는 것을 알고 있

기 때문이다. 그것에 대고 촉구한다. 그러니 그 신이 무엇이든 간
에 네가 찬양하고 경의를 표하는 그 신에 걸고 맹세해라. 내 아이
를 살려주고 양육해 주겠다는 것을.

**루시어스**  내가 믿는 신에 걸고 그렇게 하겠다고 맹세한다.  65

**아론**  첫째로, 저 아이는 황후의 자식이다.

**루시어스**  오 정말 탐욕스럽고 음탕한 여자 같으니!

**아론**  쯧쯧, 루시어스, 네가 곧 듣게 될 내용에 비하면 그건 자비로운
행위라고나 할까. 배시에이너스를 살해한 것은 황후의 두 아들이
었다. 그들은 네 누이의 혀를 자르고 강간했으며, 손을 자르고 네  70
가 본 대로 그녀를 깔끔히 다듬어 줬다.

**루시어스**  이 가증스런 악당아! 다듬어 줬다고 했느냐?

**아론**  그렇지. 닦아서 자르고 다듬어 주었지. 그것은 그 일을 한 그들에
겐 다듬어주는 놀이였지.

**루시어스**  오 네 놈같이 야만적이고 금수 같은 놈들이다!  75

**아론**  그렇고말고. 내가 그들을 가르친 선생이랄까. 카드판에서 판을
짜기만 하면 이기는 그 음탕함은 어미에게서 배운 것이고, 정면
으로 싸워대는 용감한 개 같은 속성은 내게서 배운 것이지. 자,
내가 한 행위를 듣고 나를 평가해라. 배시에이너스의 시체가 누
워있던 구덩이 같지 않던 그 구덩이로 네 형제들을 데려간 것은  80
나다. 황후와 그 두 아들과 공모해서 네 아비가 발견한 편지를 쓴
것도 나고, 그 편지에 적혀 있던 금을 숨긴 것도 나다. 네가 슬퍼
할 만한 일 중에 내가 악의로 끼어들지 않은 것이 있는 줄 아느
냐? 네 아비의 손을 갖고 장난친 것도 나다. 그 손을 얻고 내가

85 혼자 있었을 때 나는 웃느냐고 가슴이 거의 터져버리는 줄 알았
다. 내가 벽 틈으로 지켜보다가 자기 잘린 손에 대한 대가로 두 아
들의 머리를 돌려받았을 때 그가 우는 것을 보았고 나는 너무 웃
어 대느냐고 내 두 눈에서도 그의 눈에서처럼 눈물이 비오는 것
같았다. 이 놀이에 대해 황후에게 말하니 이야기가 재미있어 황후
90 는 거의 기절할 뻔했고, 내게는 키스를 스무 번이나 해주었지.

**첫 번째 고스**  뭐라고, 이런 말을 하면서도 얼굴도 붉히지 않다니!

**아론**  그렇지. 검은 개는 얼굴을 붉힐 줄 모른다고 하지 않던가.

**루시어스**  이런 짓을 하고도 후회하지 않느냐?

**아론**  그래, 천 번은 더 악행을 저질렀어야 하는데, 그러지 못한 것을
95 후회한다. 심지어 지금도 악행을 저지르고 싶다. 또한 내가 저주
한 것 중에 나쁜 짓을 하지 않은 것이 별로 없다. 사람을 죽이고,
아니면 죽일 계책을 짜고, 처녀를 강간하고 아니면 강간할 방도
를 찾고, 죄 없는 사람을 모함하고는 거짓맹세를 하고, 친구 사이
를 갈라놓고, 가난한 사람들의 소떼 목을 부러뜨리고, 밤에 헛간
100 과 건초더미에 불을 놓고는 주인에게 눈물로 불을 끄라고 하고,
종종 무덤에서 시체를 파내어서 그 친구의 문전에다 세워 놓고,
그들이 슬픔을 겨우 잊었을 때에 시체의 피부에 나무껍질에다가
하듯이 '내가 죽었어도 계속 슬퍼하라' 같은 말을 로마 글자로 새
겨 넣었지. 하지만 나는 파리 한 마리 죽이듯이 천 번의 끔찍한
105 일들을 기꺼이 해 왔으며, 만 번이나 더 그런 일을 하지 못한 것
을 빼고는 진심으로 후회되는 것은 없다.

**루시어스**  당장 목매달아 죽게 할 수는 없으니, 저 악마를 끌어 내려라.

**아론**  영원한 불구덩이 속에서 살아 몸이 태워 질 악마가 있다면, 그리
고 내가 악마라면, 나는 지옥에서 네 친구들을 만나 내 독한 혀로
너희들을 고문할 것이다!
110

**루시어스**  여러분, 저 입을 막아 더 이상 말하지 못하게 하시오.


이밀리어스 들어온다.


**고스**  루시어스, 로마에서 온 사자가 뵙기를 청합니다.

**루시어스**  들여보내시오. 환영하오, 이밀리어스. 로마에서 어떤 소식을
가져 왔소?

**이밀리어스**  루시어스 그리고 고스의 왕자님들. 로마의 황제가 당신을 환 115
영한다는 뜻을 나를 보내 전합니다. 또한 당신이 군대를 일으켰
다는 것을 알고 당신 아버지의 집에서 협상을 하기를 원하고 있
으며, 인질을 요구한다면 즉시 보내 드리겠습니다.

**고스 1**  어떻게 하시겠습니까?

**루시어스**  이밀리어스, 황제가 내 아버지와 내 삼촌, 마커스에게 인질을 120
보내겠다고 약속을 하면 그 쪽으로 갈 것이다. 진군하라. (퇴장한다.)

# 2장

타모라와 두 아들이 변장하고 등장한다.

**타모라** 그러니 이 이상하고 슬픈 옷을 입고 앤드러니커스와 대면할 것이다. 그리고 내가 그와 만나려고 하계에서 올라와 그가 겪은 끔찍한 일들을 시정해주려고 온 복수의 여신이라고 말할 것이다. 무시무시한 복수의 야릇한 계획들을 곰곰이 생각하기 위해 그가 칩거하고 있다고 사람들이 말하는 그의 서재를 방문해 그에게 힘을 더해주기 위해 복수의 여신이 그의 적들을 궤멸시키기 위해 왔다고 말할 것이다. (그들이 노크하고 타이터스가 자신의 서재 문을 연다.)

**타이터스** 내 명상을 방해하는 자가 누구냐? 내게 문을 열게 해서 내 슬픈 공언을 날려 버리고 내 노력을 수포로 만들려는 것이 너의 작전이냐? 잘못 알았다. 여기 피 묻은 글로 내가 하려는 바를 적어놓았고 쓰인 대로 실행할 것이다.

**타모라** 타이터스, 당신과 이야기하기 위해 제가 왔습니다.

**타이터스** 아니, 한 마디도 하지 않겠소. 행동할 수 있는 손도 없는데, 무슨 말을 근사하게 하겠소. 당신이 나보다 우위에 있으니 더 이상 아무 말도 마오.

**타모라** 내가 누군지 안다면 나와 말하고 싶을 겁니다.

**타이터스** 난 미치지 않았소. 당신을 잘 아오. 이 비참한 몸뚱아리와 이 심홍색 주름, 비탄과 근심이 만든 이 움푹 파인 곳들, 지루한 낮과 무거운 밤, 모든 슬픔에 걸고 말하지만 나는 당신을 잘 아오. 잘난 황후, 강력한 타모라여, 내 남은 손도 가져가려고 온 것이 아니오?  20

**타모라**  아닙니다. 슬픈 마음을 가진 이여. 나는 타모라가 아니에요. 그녀는 그대의 적이지만 나는 그대의 친구요. 나는 그대의 적들에게 끔찍한 복수를 해서 썩어 문드러지는 그대 마음을 풀어 주려고 온 복수의 여신입니다. 내려와서 이 지상으로 나를 맞아주시오.  25 살인과 죽음에 대해 나와 상의를 하시오. 피비린내 나는 살인과 재앙의 강간이 두려워 숨어 있는 우묵한 동굴도 은신처도 없고, 광대한 어둠이나 안개 낀 계곡도 없지만 내가 그들을 찾아 줄 것이오. 그리고 그들의 귀에 대고 내 무서운 이름, 복수의 여신만 읊어주면 더러운 범법자도 놀라 자지러질 것이오.  30

**타이터스**  당신이 복수의 여신이요? 그리고 내 적들을 고문하기 위해 내게 온 이요?

**타모라**  그렇소. 그러니 내려 와서 나를 맞아들이시오.

**타이터스**  내가 당신 있는 곳으로 내려가기 전에 한 가지 청이 있소. 보시오. 당신 옆에 강간자와 살인자가 서 있으니 당신이 복수의 여  35 신임을 증명하기 위해서라도 저들을 칼로 찔러 그대 마차 바퀴에 달아 찢어 죽이시오. 그러면 내가 내려가 당신의 마부가 되어 당신을 모시고 전 세계를 돌아다닐 것이오. 두 마리의 흑옥 같이 검고 잘생긴 승용마를 내주어 당신의 복수의 마차를 끌게 하고 동굴에 숨어있는 죄 많은 살인자들을 찾아낼 것이오. 그리고 당신  40 의 마차가 살인자들의 머리로 가득 차게 된다면 나는 마차에서 내려 당신 마차 바퀴 근처에 서서 하루 종일 비굴한 하인처럼 걸어가겠소. 동쪽에서 태양신이 떠오를 때부터 태양신이 바다로 떨어질 때까지 말이오. 매일 매일 이런 힘든 일을 내 자처하니 거기서 있는 강간범과 살인범을 죽여주시오.

**타모라** 이들은 나의 수하로서 나와 함께 온 자들이오.

**타이터스** 이들이 그대의 수하라고? 그들의 정체가 뭐요?

**타모라** 강간의 신과 살인의 신으로, 강간과 살인을 저지르는 자들에게 복수를 해준다고 해서 그렇게 불리오.

**타이터스** 오 하느님. 어쩜 저리도 황후의 아들들처럼 생겼을까, 당신은 황후처럼 생겼고. 그러나 우리 속세의 인간들은 불쌍하고, 광기에 차고, 잘 못 보는 눈을 가지고 있으니. 오, 맘에 드는 복수의 여신이여, 내 그대에게 내려가겠소. 그리고 한 손으로 포옹하는 것도 좋다면 내 곧 그대를 끌어안겠소. (퇴장한다.)

**타모라** 저 하는 모양새가 꼭 미친 것이다. 저것의 병든 마음을 내가 구워삶는 동안 너희들은 말로 설득해 놓아라. 이제 저 자가 나를 복수의 여신으로 확실히 믿고 있고, 자신의 미친 생각에 빠져 속고 있으니, 내 저자로 하여금 아들 루시어스에게 사람을 보내게 할 것이다. 그를 이곳 연회에 붙잡아 놓고 있는 동안 나는 곧 교묘한 술책을 마련해서 제 정신이 아닌 고스족을 해산시킬 것이다. 아니면 적어도 고스족이 루시어스의 적이 되도록 만들어야지 봐라, 여기 타이터스가 오니, 내 술책대로 힘써봐야겠다.

타이터스 등장한다.

**타이터스**  나는 오랫동안 고적했는데, 당신을 만나려고 그랬나보오. 내
비탄에 잠긴 집에 오신 것을 환영합니다. 두려운 분노의 여신이
여. 강간의 신과 살인의 신이여, 그대들도 환영하오. 정말 당신네 65
들은 황후와 그녀의 아들들을 닮았구려. 단지 무어인만 있다면
딱 그렇게 보일 텐데. 지옥에서는 그런 악마는 마련해주지 않는
모양이군요. 황후는 무어가 없이는 돌아다니지 않는다는 것을 내
잘 알고 있지. 당신이 틀림없이 우리 황후처럼 보이려면 그런 악
마를 데리고 다니는 것이 편리할 것이오. 하지만 당신들을 있는 70
그대로 환영하오. 우리는 어찌 해야 되오?

**타모라**  앤드러니커스, 우리가 어찌 해주면 좋겠소?

**드미트리어스**  살인자를 알려 주시오. 내가 그를 처리하겠소.

**카이론**  강간을 했던 악당을 보여 주시오. 내 복수를 해주겠소.

**타모라**  그대에게 잘못을 한 이를 천명이라도 알려주시오. 그들 모두를 75
소탕하리다.

**타이터스**  로마의 후미진 거리를 돌아다니다가 바로 당신같이 생긴 사람
을 만나면, 훌륭한 살인의 신이여 그를 찔러 죽이시오. 그가 살인
자요. 살인의 신과 같이 다니다가 우연히 당신과 같이 생긴 이를
만나면, 훌륭한 강간의 신이여, 그를 찔러 죽이시오. 그가 강간범 80
이니. 당신도 같이 가시오. 황제의 궁전에 무어의 시중을 받는 여
왕이 있는데, 당신과 똑같은 형체를 하고 있고, 위 아래로 당신을
똑 닮았으니 알아볼 것이오. 간청하건대, 그들을 마구잡이로 죽
여주시오. 그들이 나와 내 가족에게 못되게 한 것들이니.

**타모라**  잘 알려 주셨소. 우리가 그렇게 할 것이오. 허나 훌륭한 앤드러니 85

커스, 그대의 세배는 용감한 아들, 루시어스가 호전적인 고스족을 이끌고 로마로 진격해 오고 있는데, 그에게 사람을 보내 이곳으로 와 그대의 집에서 연회에 참석하라고 말해보는 것은 어떠시오. 루시어스가 이곳의 훌륭한 연회에 오면 내가 황후와 두 아들, 그리고 황제 및 그대의 온갖 적들을 데려와 몸을 굽히고 무릎을 꿇게 해 그대의 자비를 요청하게 하겠소. 그러면 그들에 대한 그대의 분노에 찬 마음도 누그러지지 않겠소. 이 계책을, 앤드러니커스여, 어찌 생각하시오.

**타이터스**  내 동생, 마커스, 슬픈 타이터스가 부른다. (마커스 등장한다.) 훌륭한 마커스, 네 조카, 루시어스에게로 가서, 고스족들 사이에서 그를 찾아 내게 돌아오라고 말하고 고스족의 지도세력 몇 명과 함께 돌아오라고 해라. 그의 병사들에게 지금 있는 곳에 머물러 있으라고 말해라. 황제와 황후가 내 집에서 연회에 참석하며 루시어스도 그들과 식사를 할 것이라고 전해라. 나를 위해 이 일을 맡아주고, 루시어스도 그렇게 하도록 해다오. 그가 나이든 아버지를 배려할 것이니.

**마커스**  그렇게 하겠습니다. 그리고 곧 돌아오겠습니다.

**타모라**  이제 나는 그대의 일을 보아주러 가겠고, 내 수하들을 데려가겠소.

**타이터스**  아니오, 아니야. 강간의 신과 살인의 신은 나와 함께 있어야 하오. 아니면 내 동생을 다시 불러 루시어스가 계속 복수하도록 하겠소.

**타모라**  (아들들에게 방백으로) 얘들아, 어찌 하겠니? 내가 황제에게 가서 내가 어떻게 문제를 해결하려고 하는 지를 말하는 동안 너희들은 타이터스와 함께 있겠니? 저 자의 기분을 맞춰주고 부드럽고 기 110 분 좋게 말을 나누면서 내가 다시 돌아올 때까지 저 자와 함께 기다리도록 해라.

**타이터스** (방백으로) 저들은 내가 미친 것으로 알지만 난 저들을 모두 알고 있다. 그들의 계책을 뛰어넘어 저주받은 지옥의 한 쌍의 사냥개들과 그들의 어미를 사로잡아야지. 115

**드미트리어스** 어머니, 편히 떠나세요. 우리는 이곳에 남겨두고.

**타모라** 안녕히 계시오. 앤드러니커스. 복수의 여신은 이제 그대의 적들을 배반할 전략을 짜러가오.

**타이터스** 그렇게 하실 줄 알고 있소. 맘에 드는 복수의 여신이여, 잘 가시오. (타모라 퇴장한다.) 120

**카이론** 노인, 우리가 무엇을 해드리면 되는지 말해 주시오.

**타이터스** 흠, 당신들이 해줄 일이 많이 있다오. 퍼블리어스, 이리 오너라, 카이어스와 발렌타인도.

퍼블리어스와 다른 이들이 들어온다.

**퍼블리어스** 말씀하십시오.

**타이터스** 이 두 놈을 알고 있느냐? 125

**퍼블리어스** 황후의 아들, 카이론과 드미트리어스입니다.

**타이터스** 저런, 퍼블리어스, 저런. 너는 아주 잘못 알고 있다. 하나는 살인의 신이고 다른 하나는 강간의 신이다. 그러니 훌륭한 퍼블리어스, 저들을 묶어라. 카이어스와 발렌타인도 저들을 붙잡아라.

130 내가 이런 시간이 오기를 고대했던 것을 너희들은 알고 있었지. 이제 그 때가 왔다. 그러니 저들을 확실히 붙잡고, 소리치기 시작하면 입을 틀어막아라. (퇴장한다.)

**카이론** 악당들, 멈춰라. 우리는 황후의 아들들이다.

**퍼블리어스** 바로 그래서 우리가 명령받은 대로 하고 있는 거다. 저들의
135 입을 단단히 틀어 막고 한마디도 못하게 해라. 단단히 묶었느냐? 확실히 묶었는지 확인해라.


타이터스 앤드러니커스는 칼을 들고, 라비니어는 대야를 들고 들어온다.


**타이터스** 자, 자, 라비니어야. 봐라, 네 적들이 묶여 있다. 이봐라. 저들의 입을 틀어막아 내게 한마디도 못하게 해라. 하지만 내가 하는 무시무시한 말들은 들을 수 있게 해둬라. 오 악당들, 카이론과 드
140 미트리어스, 너희들이 진흙으로 오염시킨 샘이 여기 서있다. 이 아름다운 여름이 너희들의 겨울과 섞이게 되다니. 너희들은 저 아이의 남편을 살해했고, 그 죄를 뒤집어쓰고 저 아이의 오빠 둘이 죽음을 맞았다. 내 손이 잘리고 조롱거리가 되었으며, 저 아이의 아름다운 손과 혀, 손이나 혀보다 더 소중한 흠 없는 정조도
145 너희들이 빼앗았지. 악독한 반역자들, 너희들이 강제로 말이다. 말하게 해준다면 무슨 말을 하겠느냐? 악당들, 수치스러워 자비를 청할 수가 없을 것이다. 아, 악당들, 너희들을 어떻게 죽여줄까. 내게 아직 한 손이 남아 너희의 목을 자를 수 있으며, 라비니어는 너희의 죄 많은 피를 받으러 대야를 입으로 들고 서있다. 너
150 희 어미가 나와 함께 식사를 하고 자신을 복수의 여신이라 부르

고 나를 미쳤다고 생각하는 것을 알고 있겠지. 아, 악당들, 내 너
희 뼈를 갈아 거기에 너희 피를 섞어 빵 반죽을 만들 것이다. 그
반죽으로 관을 만들고 너희의 부끄러운 머리로 두 개의 빵을 만
들어 그 탕녀, 너희의 성스럽지 못한 어미가 대지처럼 그것을 먹
고 배를 불리게 하겠다. 이것이 내가 너희 어미에게 말한 향연이        155
고, 이것이 그녀가 배부르게 먹을 연회다. 필로멜보다도 더 악독
하게 내 딸을 유린했으니, 프로크네보다 너 악독하게 복수를 할
것이다. 이제 목을 내놓을 준비를 해라. 라비니어야, 와서 피를
받도록 해라. 저들이 죽으면 그 뼈를 작은 분말로 갈아 이 끔찍한
피로 그것을 적신 후 그 빵 속에서 저 악독한 머리들이 구워지게        160
할 것이다. 와라, 와. 모두 내가 바라건대 센토의 향연보다 더 엄
중하고 피비린내 나는 연회가 될 것으로 희망하는 이 연회에 모
두 참여토록 하라. (그가 그들의 목을 자른다.) 자, 이제 저것들을 가져
와라. 내가 요리사 역할을 할 것이니. 그리고 저들의 어미가 오기
전에 준비를 해야겠다. (퇴장한다.)        165

# 3장

루시어스, 마커스, 그리고 고스족들이
죄수인 아론과 함께 들어온다.

**루시어스** 마커스 삼촌, 내가 로마로 돌아가기를 바라는 것이 아버님의
뜻이므로, 그렇게 하겠습니다.

**고스인** 어떤 운명에 처하든 우리도 함께 하겠습니다.

**루시어스** 훌륭한 삼촌, 이 야만적인 무어를 데려 가십시오. 이 탐욕스런
5        호랑이, 이 저주받을 악마. 저 자에게 어떤 먹을 것도 주지 말고,
황후와 대면할 때까지 족쇄를 채워 두십시오. 그 자리에서 황후
의 더러운 행위를 증거하고 매복하고 있는 우리 동지들의 힘이
강건함을 보게 될 것입니다. 황제가 우리에게 아무런 도움도 되
지 못할 것 같아 걱정입니다.

10  **아론** 웬 악마가 내 귀에 저주를 속삭이면서, 내 부풀어 오른 가슴에서
나오는 유해한 악의를 말로 표현하라고 부추기고 있구나!

**루시어스** 데려가라, 비인간적인 개, 야만적인 종아! 여러분, 저희 삼촌이
저 자를 데리고 가도록 도와주십시오. (고스족이 아론과 함께 퇴장한다.)
트럼펫 소리가 나는 것으로 보아 황제가 가까이 온 것 같소.

트럼펫 소리. 황제, 황후가 이밀리어스, 호민관 및
다른 이들과 함께 들어온다.

**새터나이너스** 무슨 일이냐. 하늘에 태양이 둘이란 말이냐?

**루시어스** 스스로를 태양이라고 부른 들 무슨 소용이겠소?

**마커스** 로마의 황제여, 그리고 조카야. 다투지들 마시오. 이렇게 싸울 것
이 아니라 차분하게 얘기해야 합니다. 근심으로 가득 찬 타이터
스가 명예로운 결말을 위해 준비한 연회가 준비되어 있으니. 평
화를 위해, 우정을 위해, 우리의 연대를 위해 그리고 로마를 위한
연회요. 그러니 가까이 와서 자리를 잡으시오.

**새터나이너스** 마커스, 그럽시다.

> 트럼펫 소리와 함께 타이터스가 요리사처럼 식탁에 접시를 놓으면서
> 등장하고, 라비니어는 얼굴에 베일을 쓰고 등장한다.

**타이터스** 환영합니다. 폐하, 환영해요. 무시무시한 여왕이시여. 그대들
호전적인 고스인도 환영하고 루시어스도 환영한다. 그리고 모두
를 환영합니다. 기분은 좀 울적하지만 음식이 배는 채워 줄 겁니
다. 모두 드십시오.

**새터나이너스** 왜 그런 복장을 하셨소, 앤드러니커스?

**타이터스** 폐하와 황후를 즐겁게 해드리려고 모든 일을 틀림없이 준비해
두려던 것이지요.

**타모라** 고맙습니다. 훌륭한 앤드러니커스여.

**타이터스** 황후께서 제 맘을 아신다면, 아시겠지만. 폐하, 이 문제를 해결
해주십시오. 성급한 버지니어스가 딸이 강제로 더럽혀지고 정조
를 잃었다는 이유로 자신의 오른 손으로 딸을 살해한 것을 잘한
일로 보십니까?

**새터나이너스**  그렇소, 앤드러니커스,

**타이터스**  그렇게 보시는 이유가 무엇인지요, 강력한 폐하여?

**새터나이너스**  그 딸이 수치를 안고 살 수 없었기 때문이고 그녀를 보면
아비의 슬픔이 새록새록 생겨나기 때문이오.

**타이터스**  정말 너무나도 맞는 이유입니다. 한 형식이자 전례요, 살아 있
40      는 근거입니다. 가장 비참한 내가 그와 같은 일을 합니다. 죽어
라, 죽어, 라비니어. 너와 함께 네 수치도 죽는 거다. 네 수치와
함께 네 아비의 슬픔도 죽는 거다! (라비니어를 죽인다.)

**새터나이너스**  무슨 짓을 한 것인가, 희한하고 못되게스리!

**타이터스**  저 아이로 인한 눈물로 내 눈이 멀어 죽였소. 버지니어스만큼
45      나도 비탄에 잠겨 있소. 이런 일을 하기에 그보다 천배는 더 강력
한 이유가 내겐 있소. 이제 끝났소.

**새터나이너스**  뭐라고, 라비니어가 강간당했다는 것인가? 누가 그런 짓을
했는지 말해 보시오.

**타이터스**  드신 것이 맘에 드시오? 황후도 잘 드셨나요?

50  **타모라**  왜 하나밖에 없는 딸을 그렇게 죽이십니까?

**타이터스**  내가 죽인 게 아니지요. 카이론과 드미트리어스가 죽인 겁니
다. 그들이 저 아이를 강간했고 혀를 잘랐습니다. 그들이, 그녀에
게 악행을 행한 자가 바로 그들입니다.

**새터나이너스**  곧 가서 그들을 이곳으로 데려 오라.

55  **타이터스**  아니, 저기에 그들이 있소, 둘 다 빵으로 구워져서. 저들의 어
미가 우아하게 먹은 저 빵 속에. 자신이 낳은 것을 먹은 거요. 모
두 사실이오. 사실. 내 칼의 날카로운 맛을 보거라. (타이터스가 황후

를 찌른다.)

**새터나이너스** 죽어라, 미친 놈, 이런 저주받을 짓을 하다니. (타이터스를 죽
인다.)

60

**루시어스** 아들이 아버지가 피 흘리는 것을 그냥 보고 있을 순 없다. 이
게 보답이다. 치명적인 행위에는 죽음이 따라오는 법. (새터나이너스
를 죽인다.)

**마커스** 슬픈 얼굴을 한 이들, 로마의 사람들, 로마의 아들들이 바람과 센
태풍의 돌풍에 가금류가 흩어져 도망치듯이 소란으로 인해 흩어 65
져 있구나. 오, 이 흩어진 옥수수를 한 단으로 다시 묶을 수 있는
방법을, 이 절단된 사지를 한 몸으로 만드는 방법을 알려 줄 수
있다면. 강력한 제국들이 경배를 표하는 로마가 쓸쓸하고 절망적
인 난파자처럼 자신을 파괴해서는 안 되며, 수치스럽게 자신을
처벌하지 않도록 말이다. 백발이 성성한 내 머리와 나이 들어 주 70
름진 턱이 진정한 경험의 엄중한 증거가 될 수 없다면 여러분께
제 말을 들어 달라고 하지 않겠습니다. 로마의 동지들이여, 로마
가 예전에 그랬듯이, 엄숙한 혀로 사랑에 빠진 디도의 슬프게 귀
기울여 듣는 귀에 섬세한 그리스인이 프라이엄왕의 트로이를 급
습했던 재앙의 불타는 밤의 이야기를 할 때처럼 말하시오. 시논 75
이 우리 귀를 속였던 것을 우리에게 말하시오. 아니면 트로이에,
우리 로마에 국가적 상처를 낸 그 치명적인 장치를[4] 누가 들여 놓
았는지를 말하시오. 내 가슴은 부싯돌이나 쇠로 만들어지지 않았

---

4. 트로이의 목마를 지칭한다. 이 목마로 트로이가 패배하게 되므로, '치명적인'이라는
어귀가 붙었다.

으며, 우리의 이 씁쓸한 슬픔을 전부 말할 수도 없습니다. 그러나
내 말을 여러분이 가장 들어야 할 때에 그래서 여러분의 동정을
받아야 할 때조차도 눈물이 홍수가 되어 내 연설을 집어 삼켜 막
는군요. 여기 로마의 젊은 지도자가 있습니다. 내가 옆에 서서 그
의 말을 듣는 동안 그가 이야기를 하게 합시다.

**루시어스** 그럼, 자비로운 청중 여러분. 알고 계시겠지요. 카이론과 저주
받을 드미트리어스가 황제의 형제를 죽였다는 것을. 또한 내 여
동생을 욕보인 것도 그들이라는 것을. 그들의 잔인한 행위로 내
형제들이 참수되었고, 내 아버지의 눈물은 조롱당했으며 로마의
전쟁터에서 싸웠고 로마의 적들을 무덤으로 보냈던 그 진실된 손
이 천박하게 기만당했습니다. 마지막으로 저 자신은 부당하게 추
방당해, 로마의 성문이 내 앞에서 닫혀 성문 밖에 내쳐져 울어야
했고 로마의 적들에게서 위안을 청해야 했습니다. 그들은 내 진
실한 눈물에 자신들의 적의를 누그러뜨리고 나를 친구로 맞이하
기 위해 팔을 벌렸습니다. 아시겠지만, 내 피로 로마의 안녕을 수
호했고 내 용감한 몸에 갑옷을 두르고 로마의 가슴을 향하는 적
의 칼날을 막았지만 저는 추방당한 사람입니다. 아아, 아시겠지
만 저는 과시하는 사람은 아닙니다. 저는 이제는 없어져 말이 없
는 제 상처가 증거가 되듯이 제 말은 정의롭고 진실로 가득 차 있
습니다. 그러나 잠깐, 제가 스스로에 대한 무가치한 칭찬을 하면
서 쓸데없는 말을 하고 있는 것 같습니다. 오, 용서하십시오. 동
지들이 옆에 없으면 인간은 자화자찬하게 되어 있나 봅니다.

**마커스** 이제 제가 말할 차례입니다. 저 갓난아이를 보십시오. 타모라가

낳았고, 신앙심 없고 이 비탄을 만들고 계획했던 무어의 소생입니다. 그 악당은 타이터스의 집에 살아 있고 그가 곧 증명하겠지만 이 또한 진실입니다. 이 말할 수 없고, 인내를 넘어서며, 살아 있는 사람으로서 감당하기 어려운 이 악행들에 타이터스가 복수 105
하는 것이 근거가 있는 일인지 없는 일인지 여러분이 판단해 주십시오. 이제 진실을 들으셨으니, 무엇이라고 말씀하시겠습니까, 로마인들이여? 우리가 잘못한 것이 있다면 무엇인지 알려 주십시오. 탄원하는 우리를 여러분이 지켜보는 그 장소에서 앤드러니커스 가문에서 살아남은 불쌍한 우리들은 손을 잡고 앞 다투어 울 110
퉁불퉁한 바위에 몸을 던져 우리 영혼을 때려, 우리 가문에 종지부를 찍겠습니다. 말하시오, 로마인들이여, 말하시오. 여러분이 우리가 그렇게 해야 한다고 말씀하시면 자, 손을 잡고 루시어스와 나는 몸을 던질 것입니다.

**이밀리어스** 자, 자, 존경하는 로마 여러분, 우리 황제를 정중히 맞아 주 115
십시오. 우리 황제, 루시어스를. 민중의 목소리가 그렇게 일이 되어야 한다고 소리치고 있다는 것을 제가 잘 알고 있습니다.

**모두** 루시어스, 모두 환영합니다. 로마의 황제여!

**마커스** (참석자들에게) 가시오, 늙은 타이터스의 슬픔에 찬 집으로 가서, 그 신앙심 없는 무어가 가장 사악한 삶에 대한 처벌로서 슬픈 학살 120
에 대한 판결을 받도록 이곳으로 끌어 내 오십시오. (참석자들 퇴장한다.)

**모두** 루시어스, 모두 환영합니다. 로마의 자비로운 통치자여!

**루시어스** 감사합니다. 훌륭한 로마인이여. 로마의 상처를 치유하고 로마의 슬픔을 거둬내도록 통치하겠습니다. 그러나 훌륭한 여러분, 제게 힘든 과업을 맡기셨으니 저를 이끌어 주십시오. 모두 멀리 서 있으세요. 그러나 삼촌, 타이터스의 몸을 기리는 눈물을 뿌릴 수 있도록 가까이 오십시오. 오, 아버지의 창백하고 차가운 입술에 이 따뜻한 키스를 드립니다. 피로 얼룩진 당신의 얼굴에 제 슬픈 눈물이 떨어지는군요. 이는 당신의 고귀한 아들의 마지막 진정한 의무입니다.

**마커스** 당신의 동생, 마커스가 눈물에는 눈물을, 입맞춤에는 다정한 입맞춤을 드립니다. 오, 셀 수 없을 정도로 무한히 입맞춤을 해드려야 한다 해도 그렇게 하겠습니다.

**루시어스** 아들아, 이리 오너라. 와라. 와서 소나기 같은 눈물로 우리가 하나가 되는 것을 봐두어라. 할아버지께서는 너를 특별히 사랑하셨다. 여러 번 너를 무릎 위에 앉히고 어르셨고, 자장가를 불러 주셨고, 자신의 애정 어린 가슴을 너의 베개로 삼으셨다. 많은 이야기를 네게 해주셨으며, 그 아름다운 이야기를 네가 마음에 새기도록 하셨으며 자신이 죽어 없어지더라도 그 이야기들을 되새기도록 하셨다.

**마커스** 살아 계셨을 때 이 불쌍한 입술이 너의 입술을 천 번이나 따뜻하게 입 맞춰 주셨지. 오 이제, 착한 아이야. 저 입술에 마지막 입맞춤을 해드려라. 마지막 인사를 하고 무덤으로 보내 드리자. 그런 친절을 보인 후에 떠나 보내드리자.

**어린 루시어스** 오 할아버지, 할아버지. 온 마음으로 바래요. 제가 죽어 할아버지가 다시 살아나실 수 있다면! 오 하느님. 눈물 때문에 할

아버지께 말을 건넬 수가 없어요. 입을 열면 눈물이 입을 막네요.

참석자들이 아론과 함께 다시 들어온다.

**이밀리어스** 그대들, 슬픈 앤드러니커스 사람들이여! 이제 그만 슬퍼하시
오. 이 모든 악행을 배태한 이 저주스런 놈에게 선고를 내리시오. 150

**루시어스** 저 자를 가슴까지 깊이 땅에 묻고 먹을 것을 주지 말라. 그곳
에 선 채로, 음식을 달라고 고함치고 울부짖게 하라. 누구라도 저
자의 형벌을 감해주고 동정하는 이가 있다면 그 죄로 죽음을 면
치 못하리라. 이것이 내가 내리는 심판이다. 저 자가 땅속에 묻히
는 것을 확인하도록 몇 사람은 남도록 하라. 155

**아론** 아, 왜 분노를 표현하지 못하고 격노는 말이 없어야 하는가? 나는
천박한 기도로 내가 행한 악행을 후회하는 갓난애가 아니다. 내
가 그럴 뜻이 있다면 내가 한 일의 만 배라도 더 나쁜 일을 할 것
이다. 평생 내가 한 일중에 하나라도 훌륭한 일이 있다면 나는 그
것을 내 영혼으로부터 후회한다. 160

**루시어스** 친절한 동지들 몇이 황제를 모시고 나가 황제의 가묘에 묻어
주시오. 내 아버지와 라비니어는 우리 가묘에 묻겠소. 저 탐욕스
런 호랑이, 타모라는 어떤 장례식도 허용하지 않을 것이며 누구
도 애도의 상복을 입지 말 것이며, 그녀의 매장에 어떤 조종도 울
리지 않을 것이다. 대신 그녀의 몸을 맹수와 맹금류에게 던져주 165
어라. 그녀의 삶은 금수와 같았고 연민이 없었으니, 이제 죽어 새
들의 먹이가 되게 하라. (퇴장한다.)

작품
설명

## 1. 작품의 출처와 작품의 의미

　『타이터스 앤드러니커스(*Titus Andronicus*)』는 1588년에서 1593년 사이에 쓰인 것으로 추정되며, 아마도 셰익스피어가 죠지 필(George Peele)과 협력하여 함께 쓴 것으로 간주되는 작품이다. 셰익스피어의 최초의 작품이기도 하며 16세기에 관객들의 인기를 상당히 모으던 격렬하고 피비린내 나는 복수극들의 전례를 따라 '복수'를 극의 내용의 핵심으로 삼은 극이기도 하다. 이 작품은 로마제국 후기를 배경으로 하며 로마 군대의 장군인 타이터스의 허구적 이야기를 중심으로 삼고 있다. 이 작품은 셰익스피어의 극들 중에서 가장 폭력적인 장면이 많고 가장 유혈이 낭자한 작품으로 알려져 있으며, 그의 작품들 중에서 가장 평가를 받지 못하던 작품이기도 했다. 영국의 르네상스 시기 당대에는 관객들의 사랑을 많이 받은 작품이지만 17세기 후반 경에는 관객의 호응이 급격히 줄어들었으며, 빅토리아조 때에는 너무 선명한 폭력으로 인해 역시 관객이

선호하지 않던 극이었다. 그러나 20세기 중반부터 이 작품의 명성은 다시 오름세에 있다.

이 작품은 오비드의 『변신』(Ovid's *Metamorphoses*) 이야기와 세네카의 극, 『싸이에스츠』(*Thyestes*)를 출처로 삼고 있으며, 또 결말 부분에서는 버지니아(Verginia)의 이야기를 빌려 오고 있다. 가장 주된 출처는 오비드의 것으로, 타이터스의 딸, 라비니어가 강간당하고 팔과 혀가 절단당하는 이야기는 필로필라의 이야기에서 따왔다. 아테네의 왕, 판디온(Pandion)의 딸, 필로멜라에게는 언니 프로크네가 있었다. 프로크네는 테레우스와 결혼했는데, 테레우스는 필로멜라에게 욕정을 품고 있어 그녀를 숲으로 데리고 들어가 강간하고, 그녀가 그 사건을 남들에게 말할 것을 두려워해 그녀의 혀를 잘라냈다. 그리고는 프로크네에게로 와 필로멜라가 죽었다는 거짓말을 했다. 그러나 필로멜라는 손으로 테피스트리를 짜 강간범이 테레우스였음을 밝혔다. 자매는 숲에서 만나 복수를 결의하고, 프로크네는 아들, 이티스(Itys)를 죽여 빵으로 만들어 테레우스에게 먹여 가장 처참한 복수를 행했다. 그리고는 테레우스가 먹은 것이 자신의 아들의 살과 피였음을 밝히는 것이 오비드의 이야기의 핵심내용이다. 라비니어가 드미트리어스와 카이론에게 능욕 당한 뒤 팔과 혀가 잘리는 이야기는 『변신』의 1권에서 따온 것이다.

또 타이터스가 드미트리어스와 카이론을 죽여 그 살로 빵을 만들어 이들의 어머니인 타모라에게 먹여 복수하는 장면은 세네카의 극에서 따온 이야기이다. 싸이에스츠에 대한 아트레우스의 복수를 담고 있는 세네카의 이야기는 다음과 같다. 아트레우스는 어느 날 자신의 부인이 싸이에스츠와 정사를 가지고 있음을 알게 되고 이에 대해 복수를 천명한다. 그는 싸이에스츠의 아들을 비밀스럽게 죽여 그들의 손과 머리를 잘라 그 것으로 빵을 구워 싸이에스츠가 그것을 먹도록 한다. 식사를 마친 후 아트레우스는 자신이 한 일을 밝힘으로써 싸이에스츠에게 복수를 하는 내용이다. 또한 타이터스가 자신의 손을 자르는 이야기는 16세기에 다양한 언어로 발간된 인기 있었던 이야기인, 무어의 복수에 관한 이야기에서 그 모티브를 빌려 왔다. 또 타이터스가 새터나이너스에게 딸이 강간당하면 아버지가 그 딸을 죽이는 것이 옳으냐는 질문을 던지는 내용은 버지니아의 이야기에서 그 출처를 찾을 수 있다. 고전과 당대 유행하던 이야기들에서 다양하게 그 모티브를 취해, 극을 하나의 처절하고 유혈낭자한 복수극으로 삼은 이 작품은 복수극이 매우 유행하던 당대의 관객의 취향에 걸맞은 내용들을 품어 안고 있었던 작품으로 평가할 수 있다. 그렇다면 17세기에서 19세기에 이르기까지 폭력적인 장면이 너무 많아 좋게 평가되지 않던 작품이 왜 20세기에 들어 다시 긍정적인 평가를 받고 있고, 여러 번 공연되어 주목을 받게 되는 것일까에 대한 의문이 들지 않을 수 없다.

그것은 이 작품이 르네상스 시대의 영국의 상황과 그 시대 이데올로기가 얼마나 허구적인가를 여실히 보여주고 있는 작품으로 평가할 수 있기 때문이며, 단지 복수와 유혈낭자한 극으로서만이 의미가 있는 것이 아니라 그 이야기 안에서 과거에는 포착하지 못했던 다른 의미 있는 현대적 지점들을 드러내고 있기 때문이라고 말할 수 있다. 즉, 더 이상 신체를 자르고, 처절히 복수하는 부분에만 현대인의 관심이 쏠리고 있는 것이 아니기 때문일 것으로 추정할 수 있다. 당대의 이데올로기는 남성에게는 명예를, 여성에게는 정숙을 강력하게 요구하는 것이었다. 영국의 르네상스 시대와 이 극에서 배경으로 삼고 있는 로마를 일치선상에 놓고 볼 때 작품에서 숭앙하는 로마적 가치는 영국의 르네상스 시대의 이데올로기와 겹쳐지는 것으로 간주할 수 있다. 즉, 로마시대에도, 영국의 르네상스 시대에도 남성의 명예와 여성의 정숙은 지고의 가치였던 것이다. 특히 셰익스피어 시대의 영국에서 이 두 가치는 난공불락의 위치를 점하고 있었다. 그러나 이 작품은 그 명예와 정숙이라는 가치와 이데올로기가 얼마나 허구적이며 의미 없는 것인가를 노출하고 있다는 점에서 이 극을 다시 보게 한다.

타이터스는 로마에 무수한 전공을 가져온 노장으로, 로마의 황제로까지 추대되는 인물이지만 황제의 지위를 수락하지 않고 전 황제의 장자에게 그 자리를 넘겨준다. 그러나 황제가 아니어도 그는 로마를 대표하는 집안의 대표적인 인물로 그에게 명예는 그의 생명과 같은 것이다. 그러나 타이터스가 정말 명예를 추구하는 인물인가의 여부는 재고의 여지가 있다. 국가에 대한 공적과 영예로운 행동에서는 그를 따라올 인물이 없지만 그는 명예라는 개념에 너무 몰입하고 집착하고 있다고 볼 수 있다. 이는 세 상황에서 확인할 수 있는데, 첫째로 그는 자신의 명예를 위해 자신의 아들을 살해한다. 라비니어와 비밀리에 약조한 황제의 동생, 배시에이너스가 라비니어를 데리고 가서 결혼하려 하자, 타이터스는 이를 허용하지 않는다. 타이터스는 라비니어를 황제와 결혼시키려는 계획을 이미 공표한 상태였기 때문이다. 그러나 비밀리에 서로 약조한 라비니어와 배시에이너스는 타이터스 및 황제의 의사와 반해서 자신들의 결합을 그대로 추진하려고 한다. 이때 라비니어의 오빠들이 타이터스를 설득해 라비니어와 배시에이너스를 결합시키려고 하지만 타이터스는 이들의 결합이 황제와 자신에 대한 모욕이라고 판단해 완강한 태도를 굽히지 않는다. 타이터스는 자신의 길을 막는 자신의 아들 뮤티어스를 로마에서 자신의 앞길을 막는다는 이유로 살해한다. 그리고 다른 형제들이 뮤티어스를 앤드러니커스 가묘에 명예롭게 안치해야 한다는 말에 모욕감을 느끼며 그것을 거부한다. 이때 타이터스는 아들의 목숨, 아들의 명예, 비밀스럽지만 서로 먼저 약속한 사랑의 중요성 등의 의미를 전혀 고려하지 않는 채 아들을 잔인하게 살해하고 자신의 다른 아들들을 증오한다. 이때 타이터스에게 중요한 것은 무엇이었을까. 로마를 회생시키는 것, 로마를 적국의 무력적 침입에서 구하는 것, 로마의 세력을 확장시키는 것 중 어느 것도 아니었다고 판단할 수 있다. 즉 로마적 가치를 지키기 위한 것이었다고도 말할 수 없다. 자신의 말이, 자신의 명예가 로마에서 무시당했다는 것이 타이터스가 아들을 죽인 이유일 뿐이다. 그에게 중요했던 것은 아들들이 자신의 뜻을 따라 주는 것뿐이다. 이 때 명예의 개념은 화석화되고 공허한 개념이며 진정 로마의 가치를 준수하는 것도 아니다. 그는 명예 때문에 아들을 죽였다고 말하지만 어떤 이유로도 아들을 잔인하게 죽이는 행위가 정당화될 수 없으며, 아들을 죽여서 명예가 제고되는 상황은 무엇으로도 설명할 수 없다. 1막의 시작부터 이 작품은 명예라는 기표에 매어 있으며 진정으로 명예가 무엇인지를 알지 못하는 타이터스의 모순에 주목하며 명예의 허구성을 노출시키고 있다.

타이터스의 이와 같은 태도는 딸, 라비니어의 살해에서도 똑같이 드러난다. 라비니어가 능욕 당했다는 이유로 타이터스는 황제 앞에서 그녀를 살해한다. 이유는 황제가 말한 대로, 그녀의 수치가 아버지의 슬픔의 감정을 계속 일으키기 때문이다. 타이터스는 라비니어가 능욕당한 것을 수치로 파악하고 있는 것이다. 라비니어는 능욕을 당한 이후에도, 팔과 혀가 잘린 이후에도 자신의 삶을 당당히 살아갈 권리를 갖고 있지만 타이터스는 아무런 후회나 재고의 여지도 없이 수치를 당한 자신의 딸은 죽여도 좋다고 믿고 있다. 라비니어의 정조를 남성이 소유하고 있으며, 여성은 남성의 소유물이고, 특히 한 집안에서 가부장의 명예가 능욕당한 딸로 인해 해쳐질 수 없다고 보는 태도가 타이터스의 입장인 것이다. 그의 왜곡된 명예 의식이 라비니어의 살해로 이어진다고 볼 수 있으며, 공허한 의미의 명예만이 그에게 남아 있는 것으로 판단할 수 있다. 명예의 허구적 개념이 그의 폭력을 초래하고 있다고 하겠다.

또한 타이터스는 타인의 생명을 귀하게 여기는 인물이 아니다. 그는 광대에게 황제에게로 가, 황제를 협박하는 자신의 친서를 전하도록 시키는 데, 이를 전달한 광대의 목숨은 그것을 전하는 순간 경각에 놓이게 되는 상황이 벌어질 수 있다. 실제로 광대는 황제의 수하에 의해 끌려 나간다. 장군인 그가 그런 상황을 모르지 않았겠지만 타이터스는 광대의 목숨은 안중에 없이 자신의 목적하는 것만을 이루고자 한다. 이 경우는 그가 자신의 허구적 명예로 인해 신민의 목숨을 해하는 것은 아니지만 그의 자비롭지 못함이 강조된다고 할 수 있다. 이처럼 타이터스는 복수의 주체자로서, 복수당할 일군의 인물들을 응징할 자격이 있는 티끌하나의 문제점도 없는 그런 인물이 아니라 자기모순에 빠져 자신에게 소중한 가족과 신민의 목숨을 하찮게 여기는 문제 많은 인물로 그려지고 있고, 이 점이 현대에 와서 이 극을 단지 복수극으로만 볼 수 없게 하는 단초가 된다. 타이터스를 통해 시대 이데올로기의 허구성에 대한 비판을 담고 있기 때문이다. 복수극이라면 타이터스가 타모라 등에게 가하는 복수의 내용이 주가 될 것인데, 이 작품은 복수하는 주체의 한계와 모순을 깊이 노정하고 있어 극의 핵심이 되는 내용이 바뀌게 된다.

한편 정숙 이데올로기에 대한 비판도 이 극은 담고 있다. 라비니어는 타모라의 아들들에게 능욕당한 뒤, 정조를 잃고 타이터스를 다시 대면하기를 주저한다. 이 극은 언뜻 보기에는 정숙 이데올로기를 신봉하는 작품으로도 보인다. 라비니어가 로마의 꽃이자 장식물로 간주되는 것은 그녀의 아름다움과 무엇보다도 정숙한 그녀의 품행 때문이다. 그런 그녀가 능욕당했다는 것은 타이터스 가문으로서는 가장 큰 상처가 되며 타이터스의 명예를 가장 해치는 요인이다. 작품에서 타이터스와 그의 장자인 루시어스는 그 이전에 그의 가문이 받은 모든 불명예와 사건보다도 라비니어의 능욕으로 인해 더 큰 충격을 받은 것으로 묘사된다. 그리고 정숙하지 않고, 황제의 부인이 되었음에도 무어인 아론과 혼외정사를 갖고 아론의 아이를 낳는 타모라의 정숙하지 못함과 비교되어 라비니어의 정숙은 로마의 지고의 가치로 평가된다. 라비니어는 강간당하기 전에 차라리 자신을 죽여서 다른 사람들의 눈에 띄지 않는 곳에 놓아달라고 드미트리어스 등에게 간청한다. 그녀에게 중요한 것은 생명이 아니라 정조이기 때문이다. 그녀는 아버지 타이터스에 의해 죽음을 맞는 순간에도 아버지에게 저항하는 움직임은 조금도 보이지 않는다. 강간당하는 순간 이미 그녀의 생명의 불은 꺼진 것으로 그녀 스스로 파악하고 있었기 때문에 더 이상 사는 것은 단지 목숨을 부지하는 것일 뿐, 어떤 의미도 없기 때문이다. 라비니어의 이런 태도는 현대인에게 정말 정숙과 정조는 생명보다 중요한 것인가라는 의문을 불러일으킨다. 라비니어가 자신을 살해하는 아버지의 태도를 기꺼이 수용하는 것은 정숙 이데올로기가 편재한 르네상스 시대에는 어느 정도 당연하고 자연스러운 태도로 받아들여질 수 있었지만 20세기의 현대인들에게는 재고의 여지가 있는 문맥이라고 볼 수 있다. 여성의 명예를 지키기 위해 생명을 내어 놓는 그녀의 태도 역시 타이터스의 명예에 대한 집착 못지않게 자기모순을 내포한 것이며, 마치 『자에는 자로』(*Measure for Measure*)에서 이사벨라가 자신의 오빠의 생명보다 자신의 정숙이 더 소중하다고 공언하는 상황의 극단성을 공유하고 있는 태도라고 볼 수 있다. 즉, 현대인에게 다시 숙고할 내용을 제공하고 있기 때문에 이 작품이 20세기에 이르러 재평가되고 있다고 할 수 있다.

또한 이 작품은 선과 악의 경계를 매우 분명히 가르고 있는 듯하다. 타모라, 아론, 카이론 등은 악 그 자체로 평가되고, 타이터스 가문의 인물들은 악의 편재성 앞에 무력했지만 결국 복수를 하여, 선이 이기는 구도로 설정된 듯이 보인다. 그러나 셰익스피어는 비교적 단순한 극으로 평가되는 이 작품에서도 철저히 이분법적인 그와 같은 태도를 지양하려는 노력을 보인다. 타이터스에 의해 타모라의 장자, 알라버스가 살해되기 전, 타모라는 만인 앞에서 무릎을 꿇고 알라버스를 살려 달라고 타이터스에게 탄원한다. 고스족의 여왕이었던 타모라는 타이터스에 의해 로마에 포로로 끌려 왔으며, 전쟁에서 죽음을 맞은 로마 장병들의 영혼을 위무하기 위해 알라버스의 몸은 도륙되어야 하는 상황에서 타모라는 여왕의 권위를 내버리고 아들의 생명을 위해 몸을 낮춰 간청하지만 그녀의 소청은 받아들여지지 않는다. 이에 대해 타모라는 여왕이 만인 앞에서 무릎을 꿇고 탄원하는 것의 의미를 타이터스가 알아주지 않은 것에 대해 마음 깊숙이 강한 복수심을 가지고 있다는 것을 표출한다. 알라버스는 전투 중에 죽은 것이 아니라 로마의 의례를 위해 살해된 것이다. 타모라가 라비니어가 능욕당하도록 아들들을 부추기고, 타이터스 가문에 위해를 가하는 것이 어떤 이유도 없는 행동이 아니라 그녀의 적개심을 촉발한 것이 타이터스였음을 작품은 설명해 놓고 있다. 타모라는 이유 없는 악이 아니며 타모라의 복수를 시발한 것은 놀랍게도 타이터스 자신이었음이 노정된다. 셰익스피어는 로마에, 타이터스에게 무조건적으로 힘을 실어주지 않으면서 타모라의 행위에 대한 일부 이유 있는 근거를 제시하고 있다.

또 주목할 점은 타모라의 정부로서 모든 악행을 짜고 실행하는 아론 역시 어떤 지점에서 타이터스보다 더 훌륭한 측면을 가진 것으로 파악된다는 것이다. 아론은 타모라와의 사이에서 태어난 자신의 아들을 지키기 위해서는 자신의 죽음도 불사하는 태도를 보인다. 타모라는 아론을 닮아 검은 유아를 죽이라고 유모를 통해 아론에게 지시하지만 아론은 도리어 유모를 죽이면서 자신의 아이를 지키려고 노력하고, 루시어스에게 생포된 그는 아이의 생명을 보장해준다는 조건으로 자신이 저지른 악행을 밝히겠다고 루시어스와 협상한다. 루시어스에게 자신의 생명을 걸고 협상을 할 수도 있는 상황에서 아론은 자신은 죽음을 맞고 자신의 자식을 살리는 태도를 보인다. 이는 자신의 명예를 위해 자식 살해를 반복적으로 저지르는 용맹한 장군, 타이터스와는 매우 대조적인 태도이다. 강한 부정을 보이는 아론을 통해 재미로 타이터스의 손을 자르는 계획을 짜고 실행하던, 모든 악행의 뿌리로서의 아론만이 있는 것이 아님을 작품은 피력하고 있다. 자신의 아이를 살리는 아론을 지켜보면서 관객들은 고민하지 않을 수 없게 된다. 과연 누가 옳은 것인가에 대해. 주요 인물들이 지배 이데올로기에 묻혀 모순적 행위를 드러내는 양태와 그 허구성을 강조하고 있다는 점에서, 이분법적인 선과 악의 구분을 해체하고 있다는 점에서 이 작품은 아직도 논의할 측면이 많은 극이라고 볼 수 있다.

## 2. 공연

이 작품의 최초 공연으로 기록되어 있는 것은 1594년의 로즈 극장에서의 공연이다. 그러나 몇 학자들에 의하면 1592년에 이 작품이 최초로 공연되었다고도 한다. 르네상스 시대에 공연된 이래로 17세기, 18세기를 거쳐서 이 작품의 각색본이 무대화되었으며, 영국에서 20세기 초반까지 셰익스피어의 원본대로 공연되었다는 명확한 기록은 없다. 영국 무대에서 300년 이상을 공연되지 않다가 1923년에 올드 빅(The Old Vic)에서 로버트 앳킨스의 연출로 공연되었다. 앳킨스는 장치를 최소화하고 검고 평범한 배경을 사용해서 최대로 엘리자베스 시대의 극적 분위기를 내면서 연출했으며 비평적 평가는 부정적이지만도 긍정적이지만도 않았다.

그러나 상업적으로는 상당한 성공을 거두었다.

미국에서의 최초 공연은 1924년이었으며, 주로 폭력적인 장면에 집중한 공연이었다. 영국에서 올린 공연 중에 가장 널리 알려지고 성공한 공연은 1955년, 로렌스 올리비에가 타이터스 역을, 비비안 리가 라비니어 역을 맡고 피터 브룩이 로얄셰익스피어씨어터에서 연출한 작품이었다. 언론에서는 브룩의 이 작품이 실패할 것이며 브룩의 시대를 마감하게 될 작품이라고 했지만 예상 외로, 공연은 비평적으로나 대중적으로나 매우 성공적이었다. 타이터스를 동정심 있는 인물로 설정하고, 폭력 장면을 약화시켜 무대 밖에서 폭력 행위가 일어나는 식으로 처리했으며, 또 피와 상처는 붉은 리본을 사용해 상징적으로 처리되었다. 그러나 몇 비평가들은 이 작품이 너무 미화되어 리얼리스틱하지 않다고 논평하기도 했다.

그 다음의 주요 공연은 1967년의 더글라스 실이 올린 것으로, 극도로 사실적이라는 평가를 받는 작품이다. 강력한 사실주의를 사용해서 1940년대의 포로수용소, 히로시마와 나가사키에서 사용된 폭력과의 비교가 이루어졌던 작품이었다. 앤드러니커스 가문은 나치로, 고스족은 극의 말미에 연합군 유니폼을 입고 등장했으며, 마지막 장면에서의 폭력은 모두 총격으로 대체되었다. 많은 비평가들이 앤드러니커스 가문을 나치와 비교한 것에 대해 의아스럽다는 평가를 하기도 했다.

1967년 후반부에 실의 사실주의적 공연에 대한 대응으로서 제랄드 프리드먼은 죠셉 팝스 셰익스피어 페스티벌에 올릴 공연을 연출했다. 그는 실의 사실주의적 공연이 세목에서나 두 시대의 비교등의 측면에서 우리 현실에 대한 감정을 지나치게 환기했다고 지적하면서 실패로 파악하고, 이 작품에서 보이는 폭력 장면에 대해 새로운 반응을 유도하기 위해서는 관객의 상상력과 무의식에 충격을 주어야 한다고 주장했다. 그래서 의상은 어느 특정 시대를 시사하지 않는 것을 선택했고, 폭력 장면도 양식화되어 표현되었으며, 칼이나 단도를 사용하는 대신 막대기가 사용되었다. 마지막 장면의 학살 장면은 모든 인물이 붉은 색 의상을 입는 식으로 상징화되어 표현되었다. 앞선 장면에서 무슨 일이 일어났는지를 설명하기 위해 내레이터가 도입되기도 했다. 밀드레드 쿠너같은 비평가는 사실주의 대신 상징주의를 사용한 것이 이 공연을 놀랍게 만들었다고 논평하기도 했다.

1972년에 트레버 넌이 연출한 RSC 공연은 사실주의적 접근을 하면서 폭력의 구체적인 장면을 삭제하지 않았다. 넌은 이 극이 엘리자베스 왕조 사회에 대하여 많은 질문을 던지는 극이라고 보고, 20세기 후반의 영국에서도 같은 질문을 던질 수 있다고 파악해 극과 동시대를 연결시키는 연출을 했다. 넌은 고대 로마의 상황에 대해서보다는 동시대의 삶의 도덕성에 대해 더 천착했다. 복합적인 평가를 받은 작품이었으나, 마지막 장면에서 한 방울의 피도 보이지 않게 연출했으며, 루시어스의 마지막 연설은 삭제된 채 아론이 혼자서 무대에 있는 장면으로 마무리했다.

편집되지 않은 공연으로는 1987년의 데보라 워너의 작품을 들 수 있다. 처음에는 스완(The Swan)에서 공연되었으며, 1988년에는 바비칸 핏(Barbican Pit)에서 공연되었고, 1980년대 전체를 대표하는 훌륭한 작품이라는 평가를 받기도 했다. 등장인물의 수를 줄이고, 배우들이 관객에게 말을 건네도록 연출되었으며, 또는 배우들이 무대를 떠나 관객석으로 직접 이동해 관객들과 교류하는 형식을 취한 작품이었다. 비평적으로나 상업적으로 성공적인 작품으로 평가되며, RSC는 2003년까지 『타이터스 앤드러니커스』를 무대화하지 않았다.

1994년에는 쥴리 테이머가 뉴시티씨어터(Theatre for the New City)에서 공연했다. 프롤로그와 에필로그를 현대 시대로 설정하고 어린 루시어스를 전경에 위치한 작품으로, 어린 루시어스는 사건을 지켜보는 관찰자의 역할을 맡았다. 테이머는 개체성과 주체성을 표현할 능력이 없는 조용한 로마의 민중들을 표현하기 위해 돌기둥을 사용하기도 했다. 루시어스가 아론의 아이를 살려주겠다고 약속했음에도 불구하고 아론의 아이를 죽였다는 함의를 가진 것으로 해석되는 공연을 올려 논쟁을 불러일으키기도 했다.

2006년에는 두 공연이 훌륭했던 것으로 평가를 받는다. 하나는 루시 베일리의 작품이고 또 하나는 니나가와 유키오의 작품이다. 베일리의 작품은 강간당한 라비니어가 머리부터 발끝가지 피를 뒤집어 쓰고, 몸체는 밴드로 둘둘 말은 채 나오는 식으로 매우 사실주의적으로 표현되어 관객들은 라비니어의 모습에 실신하기도 했다. 글로브극장(The Globe)의 지붕을 씌운 무대를 만든 것으로도 이 공연은 유명하다. 니나가와 유키오의 작품은 극장성을 강조했으며, 라비니어 역을 맡은 히토미 마나카는 강간 장면 직후 피를 상징하는 내용의, 입과 팔에서 붉은 리본이 나오는, 양식화된 연기를 펼쳤다. 공연 내내 무대 뒤쪽에는 거대한 늑대 대리석 상이 놓여 있어 로마 사회가 동물적 기원을 가진 사회임을 암시했다.

## 셰익스피어 생애 및 작품 연보

셰익스피어의 생애와 작품의 집필연대 중 일부는 비교적 정확히 기록되어 있는 자료에 의존할 수 있지만, 대부분은 막연한 자료와 기록의 부족으로 그 시기를 추정할 수밖에 없으며, 특히 작품 연보의 경우 학자들에 따라 순서나 시기에 차이가 있음을 밝힌다.

| | |
|---|---|
| 1564 | 잉글랜드 중부 소읍 스트랫포드 어폰 에이번Stratford-upon-Avon 출생(4월 23일). 가죽 가공과 장갑 제조업 등 상공업에 종사하면서 마을 유지가 되어 1568년에는 읍장에 해당하는 직high bailiff을 지낸 경력이 있는 존 셰익스피어와, 인근 마을의 부농 출신으로 어느 정도 재산을 상속받은 메리 아든Mary Arden 사이에서 셋째로 출생. 유복한 가정의 아들로 유년시절을 보냄. |
| 1571 | 마을의 문법학교Grammar School에 입학했을 것으로 추정. |
| 1578 | 문법학교를 졸업했을 것으로 추정. 졸업 무렵 부친 존은 세금도 내지 못하고 집을 담보로 40파운드 빚을 냄. |
| 1579 | 부친 존이 아내가 상속받은 소유지와 집을 팔 정도로 가세가 갑자기 어려워짐. |
| 1582 | 18세에 부농 집안의 딸로 8년 연상인 26세의 앤 해서웨이 Anne Hathaway와 결혼(11월 27일 결혼 허가 기록). |
| 1583 | 결혼 후 6개월 만에 맏딸 수잔나Susanna 탄생(5월 26일 세례 기록). |

| 1585 | 아들 햄넷Hamnet과 딸 쥬디스Judith(이란성 쌍둥이) 탄생(2월 2일 세례 기록). |
|---|---|
| 1585~1592 | '행방불명 기간'lost years으로 알려진 8년간의 행방에 관한 자료가 거의 없음. 학교 선생, 변호사, 군인, 혹은 선원이 되었을 것으로 다양하게 추측. 대체로 쌍둥이 출생 이후 어떤 시점(1587년)에 식구들을 두고 런던으로 상경하여 극단에 참여, 지방과 런던에서 배우이자 극작가로서 경험을 쌓았을 것으로 추측. |
| 1590~1594 | 1기(습작기): 주로 사극과 희극 집필. |
| 1590~1591 | 초기 희극『베로나의 두 신사』(*The Two Gentlemen of Verona*) 『말괄량이 길들이기』(*The Taming of the Shrew*) |
| 1591 | 『헨리 6세 제2부』(*Henry VI, Part II*)(공저 가능성) 『헨리 6세 제3부』(*Henry VI, Part III*)(공저 가능성) |
| 1592 | 『헨리 6세 제1부』(*Henry VI, Part I*)(토머스 내쉬Thomas Nashe와 공저 추정) 『타이터스 안드로니커스』(*Titus Andronicus*)(조지 필George Peele과 공동 집필/개작 추정) |
| 1592~1593 | 『리처드 3세』(*Richard III*) |
| 1592~1594 | 봄까지 흑사병 때문에 런던의 극장들이 폐쇄됨. |
| 1593 | 「비너스와 아도니스」(*Venus and Adonis*)(시집) |
| 1594 | 「루크리스의 강간」(*The Rape of Lucrece*)(시집) 두 시집 모두 자신이 직접 인쇄 작업을 담당했던 것으로 추 |

정되며, 사우샘프턴 백작The third Earl of Southampton에게 헌사하는 형식.

챔벌린 극단Lord Chamberlain's Men의 배우 및 극작가, 주주로 활동.

1593~1603 및 이후 『소네트』(*Sonnets*)

1594 『실수 연발』(*The Comedy of Errors*)

1594~1595 『사랑의 헛수고』(*Love's Labour's Lost*)

1595~1600 2기(성장기): 낭만희극, 희극, 사극, 로마극 등 다양한 장르 집필.

1595~1596 『로미오와 줄리엣』(*Romeo and Juliet*)

『리처드 2세』(*Richard II*)

『한여름 밤의 꿈』(*A Midsummer Night's Dream*)

『존 왕』(*King John*)

1596 아들 햄넷 사망(11세, 8월 11일 매장).

부친의 가족 문장 사용 신청을 주도하여 허락됨(10월 20일).

1596~1597 『베니스의 상인』(*The Merchant of Venice*)

『헨리 4세 제1부』(*Henry IV, Part I*)

스트랫포드에 뉴 플레이스 저택Great House of New Place 구입 (마을에서 두 번째로 큰 저택으로 런던 생활 후 은퇴해서 죽을 때까지 그곳에 기거).

1598 벤 존슨Ben Jonson의 희곡 무대에 출연.

1598~1599 『헨리 4세 제2부』(*Henry IV*, Part II)

『헛소동』(*Much Ado About Nothing*)

『헨리 5세』(*Henry V*)

1599       시어터 극장The Theatre에서 공연하던 셰익스피어의 극단이 땅
주인의 임대계약 연장을 거부하자 '극장'을 분해하여 템즈강
남쪽 뱅크사이드 구역으로 옮겨 글로브 극장The Globe을 짓고
이곳에서 공연. 지분을 투자하여 극장 공동 경영자가 됨.

1599~1600    『줄리어스 시저』(*Julius Caesar*)

『좋으실 대로』(*As You Like It*)

1601~1608    3기(원숙기): 주로 4대 비극작품이 집필, 공연된 인생의 절정기

1600~1601    『햄릿』(*Hamlet*)

『윈저의 즐거운 아낙네들』(*The Merry Wives of Windsor*)

『십이야』(*Twelfth Night*)

1601       「불사조와 거북」(*The Phoenix and the Turtle*)(시집)
아버지 존 사망(9월 8일 장례).

1601~1602    『트로일러스와 크레시다』(*Troilus and Cressida*)

1603       엘리자베스 여왕 사망(3월 24일). 추밀원이 스코틀랜드의 제
임스 6세를 잉글랜드의 제임스 1세로 선포.
제임스 1세 런던 도착(5월 7일) 후 셰익스피어 극단 명칭이
챔벌린 경의 극단에서 국왕의 후원을 받는 국왕 극단King's
Men으로 격상되는 영예(5월 19일).
제임스 1세 즉위(7월 25일).

1603~1604    『자에는 자로』(*Measure for Measure*)

『오셀로』(*Othello*)

1605       『끝이 좋으면 모두 좋다』(*All's Well That Ends Well*)

『아테네의 타이몬』(*Timon of Athens*)(토머스 미들턴Thomas Middleton과 공동작업)

1605~1606 『리어 왕』(*King Lear*)

1606 『맥베스』(*Macbeth*)

『안토니와 클레오파트라』(*Antony and Cleopatra*)

1607 딸 수잔나, 성공적인 내과의사인 존 홀John Hall과 결혼(6월 5일).

1607~1608 『페리클레스』(*Pericles*)(조지 윌킨스George Wilkins와 공동작업)

『코리올레이너스』(*Coriolanus*)

1608~1613 제4기: 일련의 희비극 집필.

1608 셰익스피어 극장이 실내 극장인 블랙프라이어스Blackfriars 극장을 동료배우들과 함께 합자하여 임대함(8월 9일).

어머니 메리 사망(9월 9일 장례).

1609 셰익스피어 극장이 블랙프라이어스 극장 흡수, 글로브 극장과 함께 두 개의 극장 소유.

1609~1610 『심벌린』(*Cymbeline*)

1610~1611 『겨울 이야기』(*The Winter's Tale*)

『태풍』(*The Tempest*)

1611 고향 스트랫포드로 돌아가 은퇴 추정.

1613 『헨리 8세』(*Henry VIII*)(존 플레처John Fletcher와 공동작업설)

『헨리 8세』 공연 도중 글로브 극장 화재로 전소됨(6월 29일).

1613~1614 『두 귀족 친척』(*The Two Noble Kinsmen*)(존 플레처와 공동작업)

| | |
|---|---|
| 1614~1616 | 말년: 주로 고향 스트랫포드의 뉴 플레이스 저택에서 행복하고 평온한 삶 영위. |
| 1616 | 둘째 딸 쥬디스, 포도주 상인 토마스 퀴니Thomas Quiney와 결혼(2월 10일). |
| | 쥬디스의 상속분을 퀴니가 장악하지 않도록 유언장 수정(3월 25일). |
| | 스트랫포드에서 사망(4월 23일. 성 삼위일체 교회 내에 안장). |
| 1623 | 『페리클레스』를 제외한 36편의 극작품들이 글로브 극장 시절 동료 배우 존 헤밍John Heminge과 헨리 콘델Henry Condell이 편집한 전집 초판인 제1이절판으로 출판됨. |
| | 아내 앤 해서웨이 사망(8월 6일). |

옮긴이 **이용은**
고려대학교 영문과 문학박사
성신여자대학교 영문학과 교수
고전 르네상스 영문학회 부회장
역서로 『배우 수첩』, 『시각의 의미』 등이 있고, 셰익스피어에 관한 이십여 편의 논문을 썼으며,
저서로는 『셰익스피어와 탈근대적 관점』이 있다.

# 타이터스 앤드러니커스

초판 발행일 2014년 10월 15일

**옮긴이**  이용은
**발행인**  이성모
**발행처**  도서출판 동인
**주 소**  서울시 종로구 혜화로3길 5 118호
**등 록**  제1-1599호
TEL    (02) 765-7145 / FAX (02) 765-7165
E-mail  dongin60@chol.com
ISBN   978-89-5506-634-0
**정 가**  8,000원